劇本集

香港式離婚

THE TRUTH ABOUT LYING

黃詠詩——著

「直到現在，離婚案件也是我認為情感上最困難的案件。」

——鍾凱婷大律師

關於香港式離婚

2008 年　◎ 新域劇團主辦【劇場裡的卧虎與藏龍】編劇計劃，於牛池灣文娛中心劇讀展演。

2010 年　◎ 香港藝術節主辦製作，於香港大會堂劇院首演，共演 13 場。
(黃慧慈飾 Emily、羅冠蘭飾 Laura)

2012 年　◎ 香港藝術節主辦製作，於香港演藝學院歌劇院重演，共演 6 場。
(黃詠詩飾 Emily、劉雅麗飾 Laura)

2015 年　◎ 詩人黑盒劇場主辦製作，於葵青劇院演藝廳三度重演，共演 6 場。
(楊淇飾 Emily、劉雅麗飾 Laura)

2018 年　◎ 詩人黑盒劇場主辦製作，於葵青劇院演藝廳四度重演，共演 6 場。
(楊淇飾 Emily、劉雅麗飾 Laura)

2024 年　◎ LOVE PRODUCTION 製作，於香港演藝學院歌劇院上演，共演 58 場。

角色表

黃子華　飾　CK
劉嘉玲　飾　Laura
楊　淇　飾　Emily
梁浩邦　飾　明浩
楊詩敏　飾　梁太太 Maria
趙伊禕　飾　文烈

分場

第一場

The Lie

● 時間：4月1日 ● 地點：咖啡店 ● 人物：Emily、Laura

【Emily 正用手機跟人通話，正聆聽著電話另一端對方的講話。

Laura 進場，她看見 Emily，走到桌子前，逕自坐下，望著 Emily。

Emily 在此時此地看見 Laura 有點意外。她掛了線】

L：　唔好意思呀，阻住你傾電話。

E：　唔緊要。講完㗎喇。

L：　你冇講 Byebye？

E：　佢聽唔到㗎喇。

L：　哦！你打緊電話。

E：　Well……

L：　緊唔緊要㗎？

E：　……

L：　哦，你打埋先。

E：　唔緊要㗎，收咗線喇。都。

【停頓】

L：　我專誠拎返啲嘢畀你。嗱。

【Laura 拿出一隻珍珠耳環，放在桌上】

【停頓】

L：　係你㗎呵？

E：　【她拿起耳環】唔見咗好耐喇。唔該晒。喺邊度搵到隻耳環㗎？

L：　我張床。

【停頓】

L：　你同佢幾時開始㗎？不過都係呢幾個月㗎啦。

【停頓】

E：　你哋一齊廿幾年……

L：　30 年。

E：　唔簡單。

L：　唔容易。

E：　我，係咪佢第一個？

L：　你唔使知。

E：　咁，你想唔想知？

【停頓】

L：　我唔想知。

E：　係你就唔會坐喺度。

L：　去到我張床喎，妹妹。佢係我丈夫。你幫我陪佢瞓下我多謝你都嚟唔切……

E：　坐。【停頓】佢話我知，佢鍾意坐。

L：　「坐」到我張床喎，妹妹。

E：　你咁肯定？憑一隻耳環？

L：　我可以令到你唔可以喺呢行立足。

E：　我可以令你之後都自己一個人瞓。

【停頓】

E：　我諗嚟諗去都唔明你點解會坐喺度。
咁樣對邊個有好處？

【停頓】

L：　佢係我丈夫。

E：　你繼續做佢妻子，而我可以幫佢解決佢嘅需要。

L：　佢有咩嘢需要？

E：　不外乎都係嗰樣嘢。你想知 Detail？

【停頓】

L：　你同我丈夫有冇性關係？

E：　冇。

L：　有冇非社交式嘅接吻？

E：　我哋只係好傾喈。

L：　點好傾？

E：　佢當年為咗你轉系。

【停頓】

E： 佢原本係讀建築。可以去查，難唔到你啫。

L： 讀咁多書，就係教你咁做人？

E： 我讀 Law。一切都講證據。

【停頓】

L： 我只係想知道個真相，想知道自己究竟係面對緊啲乜嘢，然後再處理。

【停頓】

L： 30 年。我 Deserve 去知個真相啫，你覺得呢？

【停頓】

L： 有，定冇？

【停頓】

E： 冇。

【停頓】

E：　　其實我好羨慕你。你哋。

【停頓】

E：　　真㗎。

【第一場完】

第二場

The Smoker

● 時間：1月 ● 地點：後樓梯 ● 人物：明浩、Emily

【Emily 走到一處吸煙，明浩出現，他拿出一支煙，燃點起來，二人默默地吸了一會】

明： 你知唔知呀，煙草原產地係喺美洲，係印加人發現咗燃點起嘅煙草，有刺激神經嘅物質，佢哋會喺祭祀嘅時候吸食；後來西班牙人入侵印加人嘅土地，先至知地球上有煙草呢樣嘢，將煙草帶返歐洲，歐洲人初頭見到啲西班牙水手吞雲吐霧嗰陣，仲以為佢哋畀鬼上身，哈哈哈……【停頓】之後吸煙成為咗歐洲上流社會嘅玩意，16世紀先至由傳教士傳到嚟中國。而家我哋手上面可以揸住支煙，真係要多謝西班牙人歷史上殘暴嘅侵略行為，我哋唯一承繼到嘅好處就係有煙食。

食煙同肺癌有冇關，到現時為止都冇「直接」嘅證據證實。我知，煙裡面係有尼古丁吖嘛，但唔好忘記喎，啲煙草商人將好多物質放咗入去支煙度；嗰啲薄荷味啦等你食完支煙冇咁臭啦，嗰啲助燃劑等你快啲食完一支再買過啦，嗰張沾滿漂白水嘅紙啦，仲有啲防腐劑啦，所有嘅物質加埋啲尼古丁一齊吸落個肺度，真係唔知邊樣嘢搞到你生肺癌喎，係咪先……

有好多嘢都係咁。我估。好多問題都唔係一個問題，係由好多細問題加加埋埋變成一個大問題。所以嗰時我先教你食煙絲，如果你真係生肺癌呢，就一定係關煙草事啦。

但係你而家食緊呢支煙，唔係因為你想證實煙草係會令人生肺癌呢樣嘢，而係呢種味道令你諗起我，正確啲嚟講，係我同你一齊經歷過嘅時刻，因為已經失去咗，你記得關於我嘅，都係開心嘅時刻；記憶其實係好靠唔住，一點起支煙，你就會跌入自己嘅空間，一個離開時間，完全私人嘅時刻。

呢支煙仲會為你帶嚟一啲嘢，一啲你冇諗過會發生嘅連繫。

但係點都好，自己需要個煙 Break 係一件事，千祈唔好走去做人哋嘅煙 Break。

【Emily 擠熄手上的煙】

食完煙，始終要返番去現實嘅，係咪？Emily？

【第二場完】

第三場

The Interview

● 時間：1月 ● 地點：辦公室 ● 人物：CK、Emily

【Emily 入，CK 坐著，完全沒望 Emily】

E： 早晨。

C： 坐吖。

【停頓】

C： 枱面有支筆有張紙，你寫啲嘢。

E： 好。你想我寫啲咩嘢？不如我立張婚前協議畀你睇？

C： 唔使，我哋唔做 PRE-NUP。

E： 寫乜都得？

C： 隨得你。唔好抄我哋講嘢嘅內容。

E： 咁我真係諗唔到寫乜喎。

C： 試下唔諗。

E： OK。

【停頓】

C： 你係咪嗰個 Trainee 呀？

E： 唔係，我 Call 咗一年喋喇。之前我喺間 Firm 主要係負責……

C： 會唔會做做下唔聲唔聲走咗去？或者啲嘢做嚟做去都做唔完？

E： 有啲咁嘅人喋咩？

C：　你淨係答我問題得喇。

E：　梗係唔會。做人⋯⋯做嘢最緊要有始有終。

【停頓】

C：　你啱啱食完煙。

E：　⋯⋯係。

C：　食煙對身體唔好。

E：　我知。其實可以唔食。

【停頓】

C：　你啲香水遮唔到啲煙味。

E：　我平時唔搽㗎，頭先去咗醫院，好似好大陣味咁。所以噴咗少少。

【停頓】

E：　不過去完醫院應該噴酒精呀可？

【停頓】

E:　我可以唔搽㗎。

【停頓】

C： 你邊位入咗醫院？

E： 朋友。

C： 中風？

E： No……佢……well，兩年前跳樓，一直都昏迷。

C： I’m sorry。

E： It’s ok。

C： 好朋友？

E： 好好朋友。

C： 因為咩事呀？

E： 其實我唔知。

C： 有時我都想跳樓。

【停頓】

C： 你有冇 IG？

E： IG？

C： Instagram。

E： 冇。我冇興趣食完啲咩嘢都影張相畀人睇。

C： Good。

【停頓】

E：　你係咪問咗我嘢呀？

C：　冇。

E：　Sorry 呀我掛住寫嗦。

C：　得㗎喇，放低。

【停頓】

C：　仲有冇問題？

E：　唔知……你有冇興趣知下我之前嘅工作經驗？

C：　之前間 Firm 做咩嘢多？

E：　Litigation、Crime、PI 嗰啲。

C：　點解想嚟呢度？

E：　你哋係專做離婚嘅 Firm。我好想喺呢方面發展。

C：　咁你點解想做離婚呢？

E：　可以幫到人。

C：　呢啲係 Official 原因，真實原因呢？

E：　有單 Murder Case 做咗兩年做極都做唔完，做到想嘔。

C：　PCLL 最鍾意係邊科？

E：　Trial Advocacy（模擬法庭）

C：　用唔著喎。

E：　離婚都要上庭辯護㗎。

C：　唔使 Advocacy 喎，主要都係代個 Client 畀個官鬧。

【停頓】

C：　離婚多數都係文件往來，真係好悶。

E：　悶我 OK 㗎。我好悶得㗎。

【停頓】

C：　仲有冇問題？

E：　點解要一路見工一路寫嘢？

C：　你而家冇寫啦係咪？

E：　係。

C：　咪你眼望我眼囉。

E：　係。

C：　我唔想囉。

【停頓】

C：　幾時可以返工？

E：　隨時。我遞咗 Notice，幾時都走得。

C：　OK。仲有冇問題？

E：　你乜嘢星座？

C：　我唔知喎。

E：　幾時生日？

C：　3 月 8 日。

E：　雙魚座。哈……

C：　係咩？點㗎？

E：　好多特性㗎喎……

C：　最出名係咩？

E：　隨和。

C：　OK。仲有冇問題？

E：　我係咪冇咗份工喇？

C：　唔算，你仲未見得成。

【第三場完】

第四場

The First Day

● 時間：1月 ● 地點：辦公室 ● 人物：Emily、Laura

【Emily 在辦公室，正在吃三文治。Laura 拿著文件進來】

L： 【看見 Emily】噢。

E： 早晨。

L： 早晨。【停頓】你係……

E： Emily。

L： 唔係，我意思你係嚟…… 返工？

E： …… 係。

L： Well……I am surprised。Laura。

E： 喔，你好。

L： Emily……

E： Emily。

L： 我以為我哋請咗個 David 㖭。Well……anyway……welcome。

E： Thank you。

L： 未食早餐？

E： 係。

L： 你返幾點㗎？

E： 九點。

L： 不如八點半吖？

E： OK。

L： 聽日開始。

E： Sure，冇問題。

L： 九點啲 Client 開始打嚟。你返九點我驚你食唔晒份三文治。

E：　OK。

L：　Great。今日你慢慢。

E：　我得㗎喇。

L：　Great！

準時九點正。有個梁太 Maria 會打嚟，呢單 Case 我哋已經遞咗 Petition，但每日佢都打十個八個電話嚟。Attention seeking……不過要留意，我哋係特別容易焫著呢啲闊太，你要明白，我哋靠事業，佢哋就靠老公，成世唔使做，They have Too Much Time you know……你記住填返張 Time Sheet 每分鐘都同佢計，佢個 Account 跌到少過六位數字就叫佢入返錢入個 Account，最少十萬……呀唔好廿萬；不過錢銀呢啲嘢最好都留返 CK 同佢講啦，佢鍾意同 CK 傾。CK 話乜佢都 OK，不過大多數女人都係鍾意同人哋個老公傾偈㗎啦，Right？

E：　Right。

L：　唔好畀咁多 Feedback 佢。如果唔係就永遠收唔到線。本來諗住請個男仔，等梁太唔使成日搵我老公盡訴心中情，不過……唔緊要啦。Good Luck。

E：　Thank You。

L：　我對你有信心。之前間 Firm 跟開咩㗎？

E：　謀殺。

L：　咁大膽呀。

E：　有幾大膽吖又唔係我殺。

L： 幾有幽默感喎。

E： 唔好意思呀我一緊張就會亂講嘢。

L： 希望你 Keep 到啦，我講個幽默感。

E： 嗯。

L： Instructions 喺度。

E： 咁多頁嘅？

L： 佢將佢嘅一生都話咗畀我哋知。你由佢講，同你之前打謀殺唔同，離婚 Case，就算你覺得係唔 Relevant 都要寫低晒佢，顯示你真係有用心去聽，跟住佢就會好感動，而我哋又可以計錢，大家開心。

E： 知道。

L： 佢哋要講晒出嚟先舒服㗎，心理醫生都係齋聽，我哋唔同，我哋 Jot 低晒之後，第時寫落 Affirmation（誓章）會 Send 返畀對方睇，等佢知道自己有幾仆街（衰），呢樣嘢得我哋先做到。

E： Agree。

L： Good。

【她轉身回去辦公室，像想起了些什麼，回到 Emily 桌前】

L： 【拿出利是】恭喜發財。

E： 多謝。

L： CK 畀咗你未呀？

E： 喔……未見佢。

L：　【多給她一封】我幫佢畀埋。身體健康。

E：　身體健康。【Thank you】

L：　對耳環幾靚喎。

E：　多謝。

L：　不過你聽電話會唔會哽親㗎？今日同我哋食 Lunch，OK？

E：　OK。

【Emily 撫撫耳環】

【CK 回來，入房】

L：　早晨，CK！

C：　早晨。早晨，Emily。

E：　早晨。

L：　我 Book 咗一點同阿 David，呀唔係，係阿 'Emily' 食飯，Right？下晝「個仔唔係佢」嗰單嘢要上庭，記住叫 Emily 印多幾份 DNA Report，帶埋去，OK？

【Emily 桌上的電話鈴聲響起】

【第四場完】

第五場

Before Interview

● 時間：1月 ● 地點：辦公室 ● 人物：CK、Laura

C：早晨。

L：我係咁打畀你，做咩唔接電話？

C：冇帶。

L：做乜唔帶？

C：醒唔起。

L：咁我有咩事點搵到你呀？

C：咁你而家咪見到我囉。買咗個 Bagel 畀你。

L：坐低坐低。陣間有幾個人嚟見工，你幫我見佢哋。

C：見咩嘢工？

L：Carol 個位。

C：咩 Carol 個位呀？

L：上禮拜五同 Carol 傾過，我覺得佢喺呢度做得有啲辛苦，我介紹咗佢去法援署度做，Alex 請咗佢喇。

C：Carol 做得好地地……你有冇考慮過，公司嘅穩定性都好重要？

L：我就係考慮咗公司嘅穩定性，先至唔留啲冇效率嘅人喺度。

C：新人嘅效率相比你梗係爭好多啦。

L：A！效率係基於能力，我留意到佢，開完會交帶好，轉個頭又問長問短。答得佢嚟我自己都做咗啦，我哋請個人返嚟係解決問題，唔係製造問題。

C：問清楚都好過直接做錯要你執手尾吖。我都用咗啲時間 Train 佢。

L：Exactly！用咗你太多時間，所以唔係太有效率。

【停頓】

C： 咁佢去到 Legal Aid 係咪都係跟離婚 Case？

L： 關你咩事呢？

C： 我覺得佢幾啱做離婚，份人幾 Detached 唔太 Emotional。

L： 仲好假嗪。Interview 嗰陣著平底鞋化淡妝紮起晒啲頭髮嘅，一請咗佢四吋高踭鞋戴大眼 Con，Set 晒頭咁……

C： 你觀察真係入微我真係冇留意。

L： 你成日 Train 佢冇留意？

C： Train 佢嗰陣我係望住啲文件唔係望住佢。

L： Anyway anyway…… 過去咗喇，處理咗喇，個問題已經唔存在喇。

C： 佢啱啱識得自己跟，你就炒咗…… 唔係…… 搵人請咗佢，咁係咪唔係幾合理？

L： 你係咪想討論呢個問題？係咪而家要討論？

C： 我只係諗，一嚟到就識自己跟晒好似你咁醒嘅人，喺邊度搵。

L： 你對新人都幾有耐性。唔怪得之，佢喺個 IG 度咁寫你。

C： 咩嘢 IG？

L： Instagram 呀，佢喺個 Instagram 度寫我哋呀，話我係「地雷王西太后」，唔知幾時中「我」啲地雷，叫佢做好自己嘢先啦，邊個得閒放地雷?! 自己做嘢粗心大意又話人哋放地雷炸佢。仲有，或者你會想知佢點叫你。

【停頓】

L： 都係唔講喇，陣間 Print 畀你慢慢睇。

C： 唔使。

L： 佢叫你做 Honeybaby。

C： What？

L： Honeybaby，你做過啲咩嘢佢會叫你做 Honeybaby？

C： 我點知呀？

L： 你唔知？「嗰日同地雷王西太后兩公婆食 Lunch，Honeybaby 遞咗支茄汁畀我，冧到爆。」一支茄汁啫，佢點解冧到爆呢？你遞一次畀我睇？

C： Oh God。你就係因為呢樣嘢炒咗 Carol？

L： 我再講多次我冇炒佢。

C： 因為佢個 IG？

L： No。第一，佢做嘢本身有問題；第二，佢著到咁靚返工究竟畀邊個睇呢？第三，佢叫你 Honeybaby，呵，原來著畀你睇，明晒。

C： Come on，你唔係想話 Carol 同我……

L： 我唔理你同佢做過咩嘢亦唔想知，就算你同佢瞓過咁又點？ I don't care。

C：　咁你去學跳 Tango 唔通我又諗你有冇同嗰啲人瞓過咩？

L：　就算我真係同佢哋瞓過，都唔會要你同佢哋同「枱」食飯。

【停頓】

L：　Anyway，處理咗，過去咗喇，我唔理喇。Well，佢去到 Legal Aid 可以慢慢玩佢嘅 IG。

C：　OK。

L：　你去邊呀？

C：　Carol 本來今朝要上 Court，咁而家我去。

L：　No，我去。你見佢哋。你係老闆吖嘛。你見你見。有三個 Candidates，唔好揀 Trainee 嗰個，其餘嗰兩個都有啲經驗（PQE），一男一女，揀個男嘅。咁第時有咩事要搵人請咗佢，你都唔使肉赤。OK？

【Laura 拿起文件離開，CK 坐下。良久，Emily 入】

E：　早晨。

C：　坐吖。

【第五場完】

第六場

The Work

● 時間：2月 ● 地點：辦公室 ● 人物：CK、Laura、Emily

【CK 在自己的房間聽音樂，正在休息。Laura 進來】

L： Excuse me？打擾你雅興，早啲開會 O 唔 OK？我 Lunch 要去個 Cocktail，你去唔去？

C： 我唔去喇你去吖。

L： 咁而家開會。Emily？

【Emily 拿著文件進來，匆匆忙忙】

L： 唔好意思，搞到你咁頻能。

E： 唔緊要，我 OK。

【當 Laura 和 Emily 預備之際，CK 聞到一陣煙味，他尋找煙味的源頭，發現是從 Emily 身上傳出來，他望著她，她發現他望著自己，CK 揚一揚眉就別過了頭，Emily 不為意地聞一聞自己的衣服】

L： 法援彈過嚟嗰幾單 Case 你跟成點呀？

E： 寫好晒。

L： Petition 咁快寫好晒？

E： 嗰啲 Case 全部傾掂晒數（Non-Contentious），所以好快搞掂。

L： 點解我冇睇過㗎？

E： Oh sorry 呀……我轉頭畀你睇呀。

L： 我哋平時唔接呢啲窮 Case 㗎，專登接嚟 Train 你，你做衰咗都唔緊要吖嘛，遲啲你就可以自己一個跟啲大 Case。

E： 冇問題。轉頭畀你睇。

L： 「村姑」打老公嗰單都搞掂嗱？

E： 你講個阿伯娶咗個黑龍江女人嗰單？

L： 係呀。

E： 個女人肯離婚喇，佢拎到居留權，阿伯會分綜援畀佢做贍養費。應該冇問題。

C： OK。陳美霞。

E： 呈請人申請離婚，原因係不合理行為。

L： 有幾不合理？

E： 佢老公每晚臨瞓前都要用奶樽飲一支奶先瞓。

C： 呢個唔算不合理行為，佢先生呢個行為點樣影響到佢？

E： 佢覺得呢個行為好 Disgusting。

C： Disgusting 係一個 Temporary 嘅感覺，點樣影響到佢段婚姻破裂至無可挽救呢？

E： Eh……

C： 你返去再攞啲 Instructions，佢冇可能淨係為咗個奶樽同佢老公離婚。

E： 咁佢 Keep 起咗佢老公個奶樽第時可唔可以做證？

C： 你叫佢，下次老公再飲奶嗰陣，最好錄埋條片畀我哋睇下係咪真係咁 Disgusting。

E： OK。

L： Next。

C：　張嘉琪。

E：　佢老公申請同佢離婚，我哋代佢答辯，佢老公話佢已經失蹤咗一年。

L：　咁冇得搞啦，Desertion 即時離婚生效。

C：　但係遺棄 Desertion 係好難證明嘅，我哋個客點解會失蹤咗一年嘅呢？

E：　佢去秘魯飲死藤水玩咗成年。我哋開視像會議，佢畀晒對方啲 Petition Paper 我睇。

C：　明白，Desertion 我哋好容易反對，對方就離唔成婚。或者 Emily 你再攞多次 Instructions，問下我哋個客，會唔會考慮飲多一年死藤水，我哋再建議對方用兩年分居做離婚理由。

E：　知道。

C：　記住 Make Sure 個客開會嘅時候係清醒嘅。

E：　OK！

L：　Sure。

C：　OK，Next。陳家榮。

E：　呈請人申請離婚，因為佢戴綠帽，佢想用通姦呢個理由離婚。

L：　我睇過個 File，佢 Cop 晒佢老婆啲情慾 SMS，仲喺佢部電腦度搵到個 File 全部都係佢哋搞嘢嘅相，你叫佢放心我哋一定會幫佢攞返個公道。

C：　通姦最麻煩要寫埋通姦對象係邊個，公平起見仲要 Serve 埋個 Paper 畀嗰個第三者。

L：　Serve 咪 Serve 囉做得出怕咩認呀？

C：　第三者一定唔會認，無謂嗌晒啲訟費喺度撐啦。

L：　有晒相有晒盛，仲可以撐咩？

C：　但呢個證明嘅過程，會唔會再一次傷害我哋個客呢，Emily 你勸佢一年分居雙方同意離婚。有冇仔女？

E：　一仔一女，分別係 5 歲同 3 歲。

C：　Custody 有冇共識？

L：　細路咁細，多數黐阿媽。答辯人有冇做嘢？

E：　冇，係全職家庭主婦。

L：　又會有女人生咗兩個之後仲有精力通姦。

C：　你同陳家榮講，就算個老婆衰在先，對仔女未必判畀佢。所以佢需要搵定證據，證明佢作為爸爸一個人都可以好好照顧兩個細路。

E：　你話好唔好建議佢去見下婚姻輔導先呢？

C：　That's not our job。

E：　好。

C：　Next。鄭凱恩。

E：　呈請人申請離婚，原因係不合理行為。

L：　點？

E：　佢話佢丈夫係性無能。

C：　性無能係一種病，唔係一種行為。

E：　佢哋結咗婚一年，但係佢奶奶堅持瞓喺佢同老公中間，而佢老公由得佢，結婚到而家兩夫婦都冇機會行房，某程度上佢丈夫係性無能。

L： 呢個根本唔可以歸類去「離婚」，因為佢哋根本冇「圓婚」。

C： 應該歸類去婚姻無效。你可以睇返 Cap《婚姻訴訟規則》179 第 20 條 2A 或者 B，做返一個婚姻無效嘅呈請。

E： OK！

C： Next。張家慧。

E： 佢老公呈請離婚，我哋代佢答辯，原因係佢老公想出家。話自己出家係不合理行為。

L： Oh My God，法律上係一定講話「對方」有不合理而導致離婚，係唔可以話「自己」不合理而離婚㗎。

E： 啊？但係……

C： 你諗下，如果咁都得嘅話，咁個個都做啲衰嘢，然後話自己不合理而離婚，咁仲得了？

E： 但係唔得嘅話，點解對方律師可以出到 Petition 嘅？

L： 唔係個個離婚律師都有料㗎。佢呢次大件事，Emily 你幫我寫封信去 Law So Port 佢。到時我哋再申請個 Waste Cost Against 佢。堂費都要個律師自己孭返呀。

C： 咁又唔使去到咁盡嘅。

L： 無理由佢做錯嘢個律師費要個客孭㗎？

C： 你同對方律師講，呢個錯誤我哋 Make it on record（會有書面紀錄），保留追究權利，但係佢要勸個客，喺出家之前，將所有嘅財產轉晒畀我哋個客作為一筆過嘅 Clean Break（附屬濟助），我相信女方都會同意以一年分居作為離婚理由，咁呢件事喺塵世間就了斷㗎喇。

E： OK！

C： Next。

E： Maria、Mrs. Leung，千億爭寵嗰單，佢話有新證據。

L： Your best friend！

C： 得。我處理，陣間我親自打返畀佢。

L： 仲有冇？

E： Legal Aid 嗰度有幾單，我陣間寫好畀你睇睇。

L： OK，very good 就咁啦。係呀，Peter 嗰邊有單企圖謀殺想彈畀我哋，老婆企圖謀殺個老公，兩公婆好有錢，Emily 閒正你嗰瓣，你陣間打去跟跟。

E： Eh……

C： 好地地做乜接謀殺呀？

L： 謀殺同離婚有乜分別啫，佢識跟咪得囉，殺唔死呀就遲早離婚㗎喇，到時我哋順便跟埋。

C： 我哋 Overload 喇，你打返畀 Peter 話我哋好忙，我哋唔做 Crime。

L： 點解啫？

C： 咁你以後可能冇得去咁多 Cocktail 喇，想謀殺老公嘅女人成間 Firm 得你食得住㗎咋。

L： 【嘆一口氣】咁我打返畀 Peter 啦話我哋好忙啦。

【Laura 離去，Emily 向 CK 道謝】

【第六場完】

第七場

The Funeral

● 時間：2月 ● 地點：大酒店門口 ● 人物：文烈、Emily

文： 八婆！好闟難約唨你！

E： 就死喇。啱啱上完庭。有冇紙巾呀，流鼻涕。

文： 屌…… 女人之家唔闟帶紙巾嘅。

E： 頭先上庭嗰陣個 Client 個老公 Suddenly 拎支嘢出嚟自隊玩自殺呀，搶嚟搶去搞到一身都係呀，畀晒啲紙巾佢。

文： 嘩隊乜闟嘢可以即刻死呀？我都好闟想知唨！

E： 佢攞支筆自隊之嘛。

文： 流血呀？

E： 漏墨呀！跟住個老婆仲要攞部相機出嚟係咁影，話要影低做證據。

文： 嘩屌…… 咁點闟樣收科呀？

E： 咁梗係即刻停晒所有嘢送佢去醫院啦，又要排期再審，佢畀多次堂費係佢嘅事吖，唔好搞到我周身都係啦。

文： 屌…… 吖！估唔到離婚 Firm 都咁闟刺激呀吓。

E： 完美演繹由一個火坑跳到另一個屎坑。日日聽埋聽埋咁多真係好易心理變態。

文： 好在你本身咁闟變態咋，如果唔係都唔知點闟算呀。

E： 啱啱接咗單要幫個地盤阿頭答辯，佢老婆話唔鍾意佢講咁多粗口唨。

文： 吓咁闟正？!

E： 正哩。

文： 你老味，用最高學歷去處理最濕鳩問題。不過最闟緊要有錢收。

E：　簡直係人類文明嘅高峰。唔好講我住，你點呀？點解唔等你搞掂阿婆個葬禮先呀。唔爭在嗰一兩日啦。

文：　你啲保險過闆晒期喇 BB。

E：　你 OK 嘛？

文：　OK，舅父條闆樣頭先好闆激動呀，叩頭砍地呀，真係唔知佢同婆婆咁闆好感情喎。

E：　你男朋友……唔係唔係，未婚夫呢？

文：　屌……冇嚟啦，佢天主教㗎嘛，費闆事一陣間破地獄嗰陣佢指住啲道士大叫：異端！異端！

E：　痴線㗎咩，嚟得就唔會咁啦！

文：　不過我前夫嚟咗喎，條闆樣都唔知嚟做乜闆嘢。同婆婆懶 Friend 咁。

E：　啲男人係咁，應做嗰陣就唔願做嘅，唔使佢做喇佢又嚟做到足唔知搏乜。

文：　屌咪闆係囉！以前過時過節叫佢去一齊拜年個樣食闆咗屎咁，見到我啲親戚又唔闆叫人。

E：　唏咁佢爸爸媽媽係獨子，佢又係獨子，都冇親戚，你屋企咁大棚人，邊記到邊個打邊個啫？

文：　關咩闆嘢事啫，冇禮貌就冇禮貌啦，耷低頭打機打闆足成個年初一，佢真係當鳩我全家人冇到㗎喎！

E：　殊殊殊……OKOK……

文：　同佢一齊日闆日都想死呀。

E：　甩咗身喇甩咗身喇！今日唔好發佢癲，畀面婆婆畀面婆婆。

文：　啱！食唔食糖？

E：　好！

【文烈拿了包吉儀丟給 Emily，Emily 撕開吉儀拿出糖來吃】

E：　咁你今次嫁嘅個打唔打機㗎？

文：　今次梗係醒啦，查鬮晒家宅㗎，佢屋企冇我咁鬮大棚人，但係都叫做有「親戚」呢個概念吖嘛。

E：　咁今次行唔行教堂呀？

文：　唔喇，婚姻註冊處搞鬮掂算喇。

E：　但係婆婆走咗咁你下個月點結婚呀？

文：　照結囉。

E：　吓？得㗎咩？

文：　我「鬮」鬼妹仔嚟㗎嘛。

E：　痴。冇厘正經。

文：　咁做鬮返啲正經嘢先，呢份就係將你份保險轉年供，咁你一年一次過畀一大嚿錢就搞掂，唔使再個個月過數。

E：　哎呀好呀，成日唔記得入錢好煩。

文：　仲有呢份儲蓄，原本係 50 萬，加到 100 萬，年供就呢個數。仲有呢份你阿媽嘅，都係轉年供。三份保單，轉年供，三個數加埋就係呢個數。現金過數定畀 Cheque？

E：　Cheque。

文： Thank you，你阿媽當年丟低你你都仲幫佢供保險，你呀真係心地善良呀。

E： 佢嗰時唔識諗啫，我識諗咪得囉。

文： 今次幫你搞一搞先知原來你係大客仔。

E： 好在你提我咋，唔係我實斷供咗都唔知。

文： 快啲搵個人嫁甗咗就唔使搞咁多嘢啦。你新公司有冇 Target？

E： 兩公婆同埋一棚阿叔，唔啱 Channel 㗎，嗰度個個都耷低頭做嘢，講嘢冇尾音。

文： 簽呢度。

E： 唉我老闆都有支，呢支筆，一簽，就為一段婚姻判死刑。

文： 幾甗型喎好似判官咁。

E： 有幾型呀，一日簽好多㗎喎。

文： 咁你撻甗咗佢支判官筆，香港離婚率咪即刻插水。

E： 我插你，冇人離婚我撈咩呀？

文： 撈麵。

E： 好好笑呀，好有水準呀。

文： 撈 Way。

E： 好無聊。

文： 艾 Say，撈 Body 撈 Body 拔 You！

E： 得！我欣賞你。

文： 唔好意思唔好意思舊咗少少舊咗少少……

E： 唔係你問題唔係你問題……隻歌紅過嘅，堅係紅過……

文：　駁字 Gag 都駁唔掂，我嘅一生注闖定係零成就。

E：　點會呀，前後有兩個人想娶你返屋企喎，點會零成就呀！

文：　係喎！

E：　係㗎！⋯⋯係啩⋯⋯

文：　妖！

E：　哈哈哈哈⋯⋯恭喜你呀。

文：　多謝。【發現】咦，隻耳環⋯⋯唔見咗一隻嘅？

E：　係喎，唔通聽電話除低咗。哎吔⋯⋯係，一定係。我老闆娘唔畀人戴耳環。

文：　咁佢畀唔畀你戴 Bra 呀？

E：　呢個 OK 呢個 OK。

文：　耳環之嘛買過對囉。

E：　唔得，基佬送㗎。

文：　仲未死咩佢？

E：　你咪咁衰啦。

文：　衰得過佢，扮直嚉完鬆。

E：　佢嚉你咩？

文：　見到佢話聲佢知我又嫁啦，可能笑闖醒喎。

E：　我陣間去醫院探佢，等陣我一定話佢知。

文：　【擁抱 Emily】見到你真係好。【一靜，文烈在 Emily 的懷中哭起來】

E：　傻婆⋯⋯

文：　婆婆唔知我離咗婚⋯⋯

E： 我知。

文： 佢到死我都唔敢同佢講……

E： 唔緊要啦，婆婆明㗎喇。

文： 我結婚嗰陣，婆婆笑得好開心㗎……我真係唔敢同佢講……

【文烈繼續哭，Emily 將手上的紙巾遞給她】

文： 張紙巾我畀你㗎八婆。我自己有。死喇死喇，停唔到……

【又擁著 Emily 崩潰嚎哭】

E： 唔緊要啦傻婆，唔緊要啦，Move on，just move on……

【第七場完】

第八場

The Nightmare

● 時間：2月 ● 地點：醫務所 ● 人物：心理醫生（明浩）、Emily

醫：　Emily？

E：　唔好意思，頭先去搵個朋友，遲咗。好耐冇見。

醫：　好耐冇見，半年冇見，OK嘛？

E：　OK 呀。

醫：　明浩點呀，有冇探佢？

E：　有。佢，都係咁。不過我冇探得咁密喇，好忙，醫院嘅探病時間好吖嘛。

醫：　得閒先探囉。

E：　係啦。

醫：　瞓得好嘛？

E：　OK 呀。

醫：　嗰個夢仲有冇發？

E：　上次嗰個？

醫：　唔記得嗱？

E：　記得，我發夢去中學個女廁，見到有17個男人嘅死屍倒吊咗喺一格格廁所入面吖嘛。我報警，啲警察明明望到，話「冇呀」咁吖嘛……

醫：　你記得咁清楚？

E：　唔係呀，我後尾去咗解夢呀……我17歲同明浩拍拖，佢都係嗰年同我講佢嘅性取向。所以，咪有17個男人吊咗喺度囉。我知點解㗎。

醫：　咁咪好囉。

E：　好咗好多，日日淨係文件電話文件電話……

收工，瞓，返工，文件電話文件電話……

收工，返工……

醫： 係㗎，有返啲生活嘅節奏，對你嘅精神狀態好啲㗎。

E： 係。呀，我轉咗工。

醫： 係？點呀，去咗掃街？

E： 唔係，哈，係轉咗 Firm 呀。

醫： 老闆對你好唔好㗎？

E： 幾好，係兩公婆。上一代㗎，結咗婚好多年。

醫： 佢哋點㗎？好恩愛？

E： 我諗唔係。老闆娘成日都出去應酬，公司大部份嘅生意都係靠佢嘅 Connection，下晝流流飲到啤啤夫咁返嚟，走埋你個位一輪嘴喺度講自己幾受歡迎呀，個 Cocktail 冇咗佢會幾失色呀，佢點樣使走咗個同行然後點樣搶先同邊個邊個總裁打交道呀……好犀利，你由佢講呢，佢可以講一個鐘，冇標點符號。

醫： 咁咪阻住你做嘢。

E： 工作一部份。一個師奶 Show off 下啫。

醫： 咁個老婆出去應酬，個老公做乜嘢？

E： 主要係執行啦。佢飲酒又起癩，又成日黑面，去 Cocktail 好掃興。佢呢，個鼻好犀利。

醫： 係？

E： 我返工偷偷地食煙㗎嘛，食完煙之後呢，無論我食幾多粒薄荷糖啦，去廁所個吹風機吹幾耐啦，佢都會聞到。走埋嚟，亂咁交帶一啲嘢，講完喇，就望實我，靜一靜，唔係好長嘅，五秒到㗎啫，成個人充滿住一個能量係：我知你食咗煙我知你食咗煙我知你食咗煙⋯⋯咁我呢就望住佢：成個人充滿住另一個能量係：我係食咗煙我係食咗煙我食咗煙⋯⋯跟住佢輕輕咁撳一撳條眉，就返入房。

【停頓】

E： 佢咬我唔入㗎，佢冇親眼見到。

【停頓】

醫： 咁算唔算調情呢？

E： 唔係呀嘛。佢自閉㗎嗎。上個禮拜有個律師會嘅春茗，佢迫住要去，佢老婆叫埋我去，話帶我見下世面，咁唯有好啦，其實我之前都去過㗎喇，好悶㗎⋯⋯但係都要扮到好似冇去過咁好興奮咁囉；嗰個宴會廳係喺個 50 幾樓嘅 Club House，去到嗰度，佢老婆梗係滿場飛啦，淨返我同佢喺度，咁我冇理由自己走咗去㗎嘛，陪佢企啦。佢就揸住杯茄汁，望住個天花板，同我講：有隻甲甴。我話咦係喎。佢就話：呢度 50 幾樓，隻甲甴係點嚟呢度呢？你叫我點答呀？佢繼續講：呢度又冇窗，飛唔到入嚟，就算有窗，甲甴都飛唔到 50 幾樓咁高㗎；如果佢係逐層逐層爬上嚟，佢要爬幾耐先爬到 50 幾樓，企喺度畀我見到呢？會唔會已經係爬咗幾代呢？我話：佢會唔會……係搭 Lift 上嚟呢？

【停頓】

E： 於是我哋喺嗰個衣香鬢影嘅宴會廳嗰度，兩個人拎住杯茄汁，顫高頭，望住隻甲甴。

【停頓】

E： 你話係咪好自閉？

【停頓】

E： 有一次仲搞笑，放工啦，喺後樓梯食完煙返去等 Lift 嗝，點知佢喺出面等緊 Lift，咁咪迫住一齊等，避無可避，成陣煙味，佢望實我，我望返住佢，成個人嘅能量好似話畀我知，原來你喺嗰度食煙，咁我個能量又話返畀佢知：報警拉我吖笨。然後佢望返部 Lift，同我講，我以前都係食呢隻煙絲，後來香港斷咗貨，食咗第二隻，冇咁好食，後來呢隻煙絲一直斷貨，我又一直搵唔到一隻好食啲嘅，慢慢就戒咗。香港冇得賣，你朋友帶畀你㗎？我話：係，咪係跳樓嗰個囉。

【停頓】

E：　其實，我發過夢。

醫：　係……？

E：　我發夢殺咗人。

醫：　唔……

E：　我殺咗人，兩公婆，點殺佢哋我唔記得喇，我記得佢哋冇掙扎，我殺咗佢哋，將佢哋切成一嚿嚿。

醫：　唔……跟住呢？

E：　然之後，我將佢哋，逐嚿逐嚿塞入去一個鋼琴嗰度，係一座直身嘅、啡色嘅鋼琴，我好記得點樣拆開個琴板，將佢哋兩公婆嘅骨頭同肉逐塊逐塊攝入去嗰啲琴弦同琴弦之間，然後將琴板嵌返埋。突然間有一班細路入咗嚟間房玩，佢哋得三四歲大㗎咋，喺間房度走嚟走去，我好驚，但我又冇走，企埋一邊睇住佢哋玩，好驚有人走埋去彈個琴，或者個琴有啲血水滲出嚟，咁就畀人發現㗎喇。但係冇人發現，亦都冇人走埋去彈個琴，終於班細路畀佢哋嘅 Daddy Mommy 接走咗，剩返我，同嗰個塞滿咗兩公婆屍體嘅鋼琴。

醫：　Emily，你仲有冇見到……明浩？

【停頓】

醫： 好似之前咁，見到其他人，都係見到明浩咁？

【停頓】

醫： Emily？

【Emily 望著醫生笑一笑】

【第八場完】

第九場

The Client

● 時間：2月 ● 地點：辦公室 ● 人物：Maria、Laura、Emily

L： 唔好意思呀，Maria，CK 出咗去。

M： 哎吔去咗邊呀佢。

L： 火星啩。我有時都唔知個老公去咗邊。Emily？

【Emily 入】

E： 係？

L： 介紹你識，Maria。

E： 你好。

M： Nice to meet you。同你通過咁多次電話，原來你係咁靚女。

L： 我老公揀嘅。佢最鍾意揀靚女。Emily 有冇嘢做緊？可唔可以幫手 Take note？

E： 得。我轉頭入嚟。

M： 呢個 Clerk 都幾醒。

L： 佢係律師嚟㗎。

M： Oh。

L： 做嘢係幾快上手嘅。

M： 睇實啲好喎，而家啲女仔好隨便。

L： 放心啦睇怕都做唔耐，以前佢跟開謀殺㗎，可能會嫌我哋呢度悶。

M： 點會呢，呢度都係跟謀殺呀，不過見啲血唔同啫，哈哈哈哈……

L： 哈哈哈哈……你又喒，冇一樣嘢，係一樣嘅，就係我哋一定幫你拎返個公道。

E：　唔好意思要你哋等。

L：　咁我哋開始喇。

M：　哈！【拿出一照片】呢個細路女係咪好得意呢？

E：　係喎。

M：　我老公個囡。

L：　你肯定？

M：　佢死都唔講，我搵咗個私家偵探死跟住佢，諗住影低佢同個女人啲衰嘢，點知真係：Surprise！女人就影唔到，影到嗰個衰佬拖住個細路女呀！

L：　哎吔。但係一張相唔證明到啲咩嘢㗎。

M：　我梗係冇咁粗心大意啦，個細路女同我老公同姓。

L：　係。

M：　我知你諗咁都代表唔到啲咩嘢。Wait。

【她拿出一張單據】

M：　我拎到個細路女嘅頭髮，同我老公嘅頭髮一齊拎咗去驗 DNA……

L：　結果點呀？吻合？

M：　未知。等緊個報告出，但佢哋……真係好似樣。你唔覺咩？

L：　會唔會你老公幫人湊女咋？

M：　好地地做乜去幫人湊女呀？

【Maria 矚一矚 Laura】

E：	咦你點拎到個細路女嘅頭髮嘅？

M：	啊我叫個私家偵探走埋去搣。

L：	私家偵探包呢啲㗎咩？

M：	唔包，傾到包嘅啫。

E：	咁你丈夫同你分開咗住，你點拎到佢啲頭髮？

M：	我之前儲落咗，佢開始地中海喇，咪儲定囉。我梗係要為自己呢場仗好好預備下㗎嘛！係咪先係咪先？

L：	好在你醒咋。

M：	仲有呀，我喺屋企呀攞到好多嗰啲咩嘢「助養兒童」嗰啲單，咁有愛心，肯定嗰個狐狸精就喺嗰啲 NGO 做，如果唔係呀，無啦啦做乜要助養咁多個兒童呀？

L：	一定係啦仲使審。

M：	做 NGO，咁有理想咁有愛心就唔好勾人老公啦。

L：	咁賤格都有。

M：	係啦啲女人真係好賤。

L：	唉你老公咁有錢，啲女人仲唔撲埋去咩？

M：	梗係為咗錢啦，我老公都唔得嘅。

L：	咁呢啲佢唔認，真係好難證明嘅。

M：	一拮入嚟就射㗎喇，想嗌都嗌唔切。哈哈哈哈……

L：	咁呢啲唔係性無能，係早洩嗰。

E：	咁等份 DNA 報告出咗先啦，係咪呀？Laura？

M：	結咗婚之後先知佢過唔到兩秒，早知搞啲婚前性行為先啦係咪呀……抄唔抄得切呀 Emily？哈哈哈……個女人唔係為錢為咩嘢呀你話。我都制啦，唔結婚同你一齊，就樣樣都係禮物，一結咗婚，你就大把嘢做㗎喇，做得唔好呀好似你欠佢咁㗎。而家啲女仔好無恥㗎，唔結婚亂搞都 OK 㗎，咁你話對住成棚呢啲女人我可以點喇，淨係嚟拎禮物，當我老公聖誕老人呀？

L： 橫掂都亂咁 Fing 畀晒你好過啦。

M： 我都唔想咁㗎，但我可以點？唉，我都慣㗎喇，第一次知道佢有第二個女人，嘩辛苦到呢，跟住冇咗喇，又嚟第二個，都好慘，慢慢第三第四個，我開始冇嘢，點形容呢？有冇嘢係嚟咗明明好辛苦但耐咗就慣咁㗎？

E： 係咪受虐婦女症候群？

【二女一呆】

E： 其實月經都差唔多嘅。

L： 放心啦，月經終有一日會停㗎嘛。

【女人哈哈大笑】

M： 你學人笑呀，好快輪到你㗎喇。

【Emily 身處兩位狂笑的太太中，不知如何應對，只好陪笑】

M： 今次佢死梗。我知 CK 話我最多只可以攞到一半，叫我同佢和解，但我係要攞晒，我要佢乜都冇。佢最緊張啲公司吖嘛，我要賣晒佢所有公司，生女吖嘷，生咗都冇錢養呀。

L：　天收佢。

M：　宣咗誓就要一生一世，我成世就得你一個，你發完誓又唔理我，咁即係點呀？我點都要拎返個公道。

【停頓】

【Laura 示意 Emily 拿紙巾，突然 Maria 真的哭起來】

【良久，她冷靜下來】

M：　Excuse me。

【停頓】

M：　唔係嗰時我阿媽就死，我真係唔嫁佢。

【停頓】

M：　不過我阿媽死咗，唔可以畀你哋呈堂喇。

【停頓】

M：　麻煩你哋。

【第九場完】

第十場

The Seduction

第十場 a

● 時間：3月8日 ● 地點：辦公室 ● 人物：Emily、CK

【Emily 按著自己的頭，被電話纏繞】

E：　係⋯⋯係⋯⋯梁太⋯⋯其實之前都同你講過，你丈夫唔接納你話佢性無能⋯⋯係⋯⋯我明⋯⋯係⋯⋯係⋯⋯

【CK 出來，走到 Laura 房間】

E：　我哋代表得你，梗係信你啦，但最緊要係個官⋯⋯係⋯⋯明白⋯⋯

【CK 找不著 Laura，他走回自己房】

E：　份 DNA 報告我哋係冇呈到，因為係 Negative，係，我明，我哋已經轉咗個寫法⋯⋯而家等緊答辯⋯⋯

【CK 再走出來】

E：　唔係我哋唔幫你，我哋梗係信你啦……

C：　【CK 掛了梁太線】

E：　呵！

C：　呢個係絕招。

E：　呵！

【CK 晾起 Emily 的電話】

C：　噏一陣，畀佢噏一陣。

【Emily 按著自己的頭】

E：　唉……

【Emily 拿出一包 Panadol，CK 拿了杯威士忌放在 Emily 桌上】

C：　好過 Panadol。

E：　嘩喺邊度嚟㗎？

C：　員工福利。Cheers。

E：　我以為你飲酒會出酒癲嚟。

C：　Cheers。

E：　Cheers！嘩，好醇呀。即刻暖咗。

C：　OK？

E：　OK 呀。【停頓】我真係估唔到你會 Cut 佢電話。佢而家一定畀我搞到發緊癲。

C： 搞到佢發癲嗰個係佢老公唔係你。

E： 咁佢下次打嚟我點講好呀？

C： 你太煩喇，所以我老闆 Cut 你線。

E： 哈哈⋯⋯你話㗎。其實我都收埋咗支【拿出一支酒辦】不過細支啲。

C： 呢支都好飲㗎。

E： 我請你啦。

C： 你留返自己啦。

E： 開咗嚟，嚟啦。

C： 少少好喇⋯⋯

E： Cheers。

C： Cheers。

E： 哎吔，飲完好餓，叫定嘢食先。你要唔要？

C： 好呀。

E： Laura 呢？

C： 唔知。

【Emily 拿起外賣紙選餐廳，CK 在旁等待】

【停頓】

E： 咁夜呢幾間都收咗。

【停頓】

C：　出去食。

E：　好多嘢未做完喎。

C：　食完先。

E：　咁你想食乜吖？

C：　你話吖。

E：　意大利嘢？

C：　唔想食西餐。

E：　我知有間居酒屋都開得好夜。

C：　唔想食日本嘢。

E：　【反眼】嗯，我知帶你食乜。

C：　食咩？

E：　唔好問，跟我嚟。

【第十場 a 完】

第十場 b

● 時間：同日 ● 地點：大牌檔

● 人物：Emily、CK、侍應（明浩）

【他們到了大牌檔，顯然坐了很久都沒侍應來招呼。

CK 坐著，Emily 左看右看，有點不好意思要老闆等待】

E： 唔好意思呀，我唔知呢個鐘數佢哋都會咁忙㗎。

C： 唔緊要。坐低等啦。

E： 唔得㗎，要「Yap」㗎，畀佢哋知呢個偏遠山區有客呀。

【Emily 不顧儀態地狂「Yap」】

C： 你成日嚟㗎？

E： 好耐之前嚟過一次，啲餸好得意㗎。

C： 係咩？Good。

【他查看餐牌，侍應拿著餐具進場，他是明浩】

侍： 唔好意思呀，要兩位等嘫，招呼唔到招呼唔到。點呀靚女，跳完 Aerobic 想食啲咩嘢？

E：有咩好介紹？

侍：「牽腸掛肚」啦！

E：即係……【查看餐牌】

侍：炸大腸。送酒一流。

C：好呀。

E：好，咁嚟個「牽腸掛肚」呀。

侍：要普通嘅隻，定要奪命嘅隻？

E：點為之奪命？

侍：用辣油浸過啲豬腸先炸。包你食過返尋味。

E：奪唔奪命呀？

C：奪啦。

侍：嚟唔嚟個「隻眼開隻眼閉」？

E：即係……大眼雞。

C：OK。

E：【指著餐牌】要個細嘅「米奇鹵味」。你想食咩呀？

C：【指著餐牌，發覺菜名講唔出口】要……呢個。

E：要個……腐乳通菜。

侍：嚟多個「豪乳住家菜」。

E：我想食蠔餅，但係好似好多咁。

C：要個「蠔無保留」。

E：細嘅得喇。

C：一隻「華麗蟹后」。

侍：睇下賣晒未先老闆。

E：「華麗蟹后」係咩呀？

C：　凍蟹。

E：　要唔要粥？

C：　我唔使，你要啦。

E：　一個白粥。

侍：　嚟多個「白頭到老」。

E：　係咁多。

侍：　一個「奪命牽腸掛肚」、「隻眼開隻眼閉」、「縮水米奇鹵味」、「豪乳住家菜」、「蠔無保留」、「華麗蟹后」、「白頭到老」，多謝各位。

E：　嘩，今日食得好豪。

C：　豪啲囉，我今日生日。

E：　Oh……係喎！3月8號喎！生日快樂呀。你生日仲帶你嚟大牌檔嗎！

C：　我都好耐冇食大牌檔。

E：　應該啤啤佢。

【侍應拿著一支啤酒出來】

侍：　過咗十點，勝在任你啤時段。啤酒任飲。Happy Birthday！

【侍應走】

E：　Wow，你對啤酒有冇敏感？

C：　冇。

【Emily 倒了兩杯】

E：　Cheers。

C：　Cheers。

E：　Nice。你今日做咗啲咩嘢慶祝呀？

C：　我去咗做身體檢查。

E：　吓？好……「你」呀。冇嘢吖嘛？

C：　OK。

E：　咁咪好囉，飲杯！

C：　飲得咁急。

E：　搞氣氛嘛。Laura 呢？

C：　Cheers。

【停頓】

C：　做得慣唔慣？

E：　OK，不過，結婚簽嗰陣係新郎新娘，成棚人慶祝，分開嘅時候，五個人，個官，雙方律師，呈請人，答辯人，冷冰冰咁解決件事。好慘。

C：　唔慘，可以喺埋一齊係緣份，分開都係。我哋係幫緊佢哋。

E：　個個 Client 都想盡快離婚，佢哋簽嗰陣梗係唔知，關於結婚嘅法例係得一頁紙，離婚嘅呢有一百五十頁。

C：	佢哋唔使知，呢啲係我哋嘅 Job。

E：	係。係。

【停頓】

E：	不如講下第二啲嘢啦你生日。

C：	好呀。

E：	你問我嘢呀？

【停頓】

C：	做得慣唔慣呀？

【Emily 反眼】

E：	Cheers！

【停頓】

E：	你幾多歲生日呀？

C：	56。

E：	Wow……

C：	點呢？

E：	你活咗半個世紀呀！

C： Thank you。

E： 活咗半個世紀有咩感想呢？

C： 冇咩感想喎。

E： 講兩句呀。

C： 眨下眼就過。

E： 我想像唔到自己過咗 50 歲係點。

C： 你好快知，信我。

【停頓】

E： 聞唔聞到呀？

C： 咩呀？

E： Dead air。

【停頓】

E： 你聽唔聽 Cello 呀？

C： Cello？

E： Cello。呢隻【從手袋中拿出 CD 機】，第 2 Track 抒情啲，第 3 Track，Tension 中帶有 Harmony。但係最最最最重點唔係聽個 Melody，你知唔知最重要係聽咩？

C： 咩呢？

E： 係呼吸聲，個 Cellist 拉嘅時候，一呼一吸，一呼一吸……【她示範了兩下】請你聽！【她將 CD 遞給他】

C： 我屋企冇 CD 機。

E： 吓？

C： 有嘅，不過好舊，放咩嘢入去都 Read 唔到，No disc。就算耐唔中 Read 到，只要有少少塵喺上面都會跳線跳到飛起。

E： 咁你唔買過部？

C： 部機係 Laura 嘅。

E： 哦。【她將 CD 放回 CD 機內，將整部 CD 機遞給 CK】嗱！成部拎去啦！

【CK 猶豫】

E： 聽下唔使死嘅，要還㗎！

C： OK，聽完還畀你。我以為而家啲人會用電話聽歌嘛。

E： 用電話聽唔到 Layers 㗎。

C： 不如你幫我袋住先。

E： OK。我部機收喺個袋度冇人知我仲聽緊 CD 機。其實有隻係我好鍾意聽㗎，有個女大提琴家拉㗎，有套電影都係講佢，不過好激情，你未必鍾意，聽咗呢隻先。

C： 個 Cellist 好出名㗎？

E： 出名，佢 28 歲患咗個怪病，慢慢全身都郁唔到，44 歲就死咗嚕，佢最出名，就係送咗佢演奏用嗰個幾百萬嘅古董大提琴畀馬友友。

C：我都去睇過一次馬友友，Laura 睇到喊。

E：你呢？

C：我瞓咗。

E：嘩死罪，Laura 有冇發癲？

C：冇喎。

E：真係可憐。

【停頓】

E：邊有人生日流流去做身體檢查㗎。

C：我唔係特登揀今日去做身體檢查，我今朝起身突然間半邊身唔郁得，我驚自己中風。

E：中風？你而家冇嘢呀？

C：Nonono，今朝有五分鐘呢半邊身係痺晒。

E：五分鐘？

C：五分鐘。

E：之後郁得返？

C：郁得返。

E：之後冇嘢？

C：冇嘢。

E：你「瞓捩頸」咋係嘛？

C：Nonono，呢啲可以係中風嘅先兆，唔理佢可大可小。所以咪去身體檢查。

E：咁嚴重。

C： Oh well⋯⋯嗰五分鐘真係好長，我仲諗會唔會之後成世都係咁。

E： 而家冇事咪得囉。咁⋯⋯你行得走得咁去搵醫生話自己中風，佢有冇串你呀？

C： 冇，梗係冇啦，佢幫我 Check。

E： 有冇叫你除晒衫然後摸你抽水？

【他們開始走到酒吧】

C： God⋯⋯呵呵呵⋯⋯冇冇冇⋯⋯不過佢用牙籤拮我。

E： 佢拮你？

C： 叫我瞓喺度，瞌埋眼，跟住拎條牙籤拮我，周圍拮。跟住問我，有冇分別？有冇分別？

E： 咩嘢有冇分別？

C： 我諗佢講緊「力度」。我係咁話冇，冇，冇。希望佢可以快啲停。

E： 好變態。

【二人大笑】

C： 仲有一個 Test 好戇居，佢豎起隻食指，叫我又豎起隻食指，叫我篤自己個鼻，再篤佢隻食指，我篤自己個鼻，再篤佢隻食指，篤自己個鼻，再篤佢隻食指⋯⋯

E：　好浪漫。

C：　我喺度諗，我生日做嘅第一件事，點解係做埋啲咁嘢。喺度篤個麻甩佬手指。

E：　咁佢有冇叫你覆診呀？

C：　冇呀，總括嚟講，佢叫我下次發覺個嘴角向下歪咗，係咁流口水先去搵佢。

【二人又大笑】

【Emily 自己豎起兩隻食指，

用左手食指往回篤自己的鼻子和右手的食指】

E：　會篤唔到㗎咩？

C：　遠啲。

【CK 輕推她的右手離鼻子遠一點】

E：　篤到呀。呀！我知，如果半邊身中風，一隻眼可能睇唔到㗎嘛。喂借隻手嚟呀。

【CK 豎起他的食指，

Emily 一隻手掩著眼睛一隻手往回篤自己的鼻和 CK 的手指】

E：　係難啲㗎。因為一隻眼 Focus 唔到，唔知個距離。你試下。

【Emily 豎起自己的手指，CK 用一隻手掩著眼睛，
用另一隻手的食指觸 Emily 的手指。往回試了幾下。
突然間 Emily 捉弄 CK，快速移動了自己的手指，他觸不到，
落空了，Emily 大笑。良久，他拿起酒杯喝酒】

E：　先生，你瀨嘢喇。

C：　你呢個年紀唔會驚中風。

E：　唔驚中風㗎，我哋淨係驚猝死。

【停頓】

C：　你……可以食煙㗎。

E：　Really？Thanks。

【Emily 從手袋拿出一小煙盒，內只剩下兩支】

C：　你捲定晒，咁樣會走味。

E：　冇喇，食晒喇，最後兩支。我講過食完就要 Move on。你要唔要？

C：　我食二手煙。

【CK 為 Emily 點煙】

C：　咩嘢 Move on？

E： 呢隻煙絲係我個朋友喺外國買畀我，跳樓嗰個呢。

C： I see。

E： 我叫佢買一包畀我啦，聽人講呢個牌子嘅煙絲好香，但香港斷晒貨冇得賣，我諗你已經證實咗。

C： 係。冇得賣。

E： 我叫佢買一包啫，點知佢帶咗一盒家庭裝 8kg 嘅畀我，入面有成 50 包！

C： 可以帶咁多入境㗎咩？

E： 梗係唔得啦，佢唔知塞咗喺邊偷運咗畀我囉，嘩畀人捉到真係告佢運毒都似。當佢一拎嗰盒嘢出嚟嘅時候，你知唔知我見到咩嘢呀？

C： 友誼？

E： 係肺癌，我見到一嚿肺癌喺度等緊我。

C： 哈哈哈哈……佢一定係你好朋友。

E： 我哋喺孤兒院識，我哋 Daddy Mommy 離婚，雙方都放棄我哋嘅撫養權；佢大我兩歲，嗰陣我哋成日扮自殺嚇啲社工。

C： Oh no。

E： 佢詐死，我負責尖叫同流眼淚。佢有次扮驅魔人，食咗碗粥飲咗罐芬達，嘔到一地橙色，然後話要返雲南！

C： 哈哈哈哈……

E： 有次又屈我扮七孔流血，拎啲紅藥水搽落我塊面度，搞到我七孔流血咗一個禮拜！哈哈哈哈……

C： Oh God……

E： 啲社工真係多得我哋唔少。跟住我哋一齊讀書，仲拍拖嗦。拍咗一年都唔夠，佢同我講，佢鍾意男仔。所以分開咗，不過仲好好朋友。

C： 佢而家咁你一定好擔心。

E： 好好多喇，都咁耐；其實都好掛住佢。有啲人，你明唔明呀，佢已經係你嘅一部份。

【停頓】

E： 真係唔公平，我咁掛住佢，但係連夢都冇夢過佢。所以我決定，食埋，戒咗佢。

【停頓】

E： 真係唔試？最後一啖。你冇機會上癮㗎。

C： 你食喇。

E： 生日當吹蠟燭啦。

【CK 取過那支煙，吸最後一口，徐徐呼出，然後將它擠熄】

E： Laura 呢？

C： 可能同朋友食緊飯。

E： 你生日佢同朋友食飯？

C： I don’t know。

E： 佢搏鬧嗎。

C： 我唔鬧人。

E： 唔係鬧人，係鬧交！有啲交係要鬧㗎！溝通嚟㗎。鬧完執返劑冇事㗎喇。

C： 中藥咩，執返劑。

E： 咁佢生日你有冇同佢慶祝先？

C： 佢生日我哋好耐冇慶祝。

E： 點解呀？

C： 佢唔鍾意同我慶祝。

E： Oh……

C： 佢寧願同其他朋友慶祝。就係咁。

E： I am sorry。【想一想，含笑】都明嘅。

C： 你明？講嚟聽下。

E： No……

C： I insist……

E： 有少少過份唔係幾好意思大家唔係咁熟……

C： Come on……

E： 生日點都要畀返兩分薄面你嘅……

C： 我批准你唔畀面我……

E： OK！既然係咁，時代嘅巨輪將我哋推到嚟呢度，咁我講喇。

C： 願聞其詳。

E： 佢唔鍾意同你慶祝生日……

C：　Go ahead！

E：　因為你似一個地方……

C：　畀啲貼士……

E：　個地方好靜。

C：　圖書館。

E：　圖書館有細路跑嚟跑去。

C：　博物館？

E：　博物館都有細路跑嚟跑去。大膽啲……

C：　殮房！

E：　嘩！【唔識反應】哈哈哈哈……

C：　【自信】殮房冇細路跑喇啩！

E：　你贏！

C：　我似殮房。Come！

【他們離開酒吧】

E：　咁撞法聽朝實返唔到工。

C：　話知佢。

E：　Good！

【停頓】

E：　你哋結咗婚幾耐呀？

C：　廿……三十年。

E：　嘩！

C：　係。唔經唔覺。

E：　佢係咪你第一個女朋友？

C：　唔係。第⋯⋯二個。

E：　嘩第一個係邊個？

C：　小學同學張桂芬。

E：　哈哈哈哈⋯⋯

C：　佢老豆係炒栗子㗎。

E：　哈哈哈哈哈哈哈哈哈⋯⋯好香口呀！！

C：　咁你第一個男朋友係咪就係⋯⋯跳樓嗰個⋯⋯

E：　明浩，佢叫明浩。

C：　Sorry，明浩。

E：　係。都係小學同學。

C&E：哈哈哈哈哈哈哈哈⋯⋯

E：　嗰時我好多暗瘡，超自卑，畀人話係愛滋病魔啦，佢又係咁；咁嗰時我六年班啦，都冇拍拖呢個概念嘅⋯⋯不過我覺得我哋係一齊。我哋呢，有個勝地嘅，係墳場。

C：　哈哈哈哈⋯⋯

E：　咁我哋嗰時好灰吖嘛，好想知自己究竟幾時死，咪走去墳場睇人哋啲墓碑，參考下咁囉。我好記得，有一個，係兩公婆同年同月同日死，我哋兩個企咗喺度，睇咗好耐⋯⋯好耐⋯⋯

【停頓】

E：咁你同 Laura 點邂逅㗎？

C：我哋⋯⋯一齊學跳舞。

E：跳舞？你？跳咩嘢舞呀？Ballet 呀？

C：唔係，Tango，嗰時大學有得學。

E：你哋就係咁邂逅？一舞傾情？

C：係鬼，佢同我練熟晒啲 Step，然後走去同個高大威猛嘅同班同學跳。

【二人大笑】

【他們回到辦公室，CK 拿出一支威士忌】

E：跟住點呀？

C：我為咗佢轉系。

E：咁你原先讀咩㗎？

C：Archi。

E：Wow！

C：佢唔知㗎。唔知得㗎。

E：點解唔知得呀，咁 Sweet。

C：佢唔係咁諗。

E：咁你哋梗有個 Point 撻著㗎？邊個 Point 呀？

C：畀我組織下先。

好耐之前，我哋仲喺香港讀緊 U，佢有晚打畀我，好夜，佢喊住話，小黑死咗呀小黑死咗呀⋯⋯小黑係隻 BB 唐狗，好明顯係黑色㗎啦，係佢住西貢嘅姑丈養嘅唐狗生嘅。肥嘟嘟好得意，點知佢姑丈就劏鬼咗佢隻小黑煮狗肉煲，嘩佢喊到呢，咁我哋就一齊漏夜入咗西貢，靜靜攞佢姑丈條村嘅垃圾桶想搵返阿小黑個頭出嚟葬咗佢，因為食狗唔食個頭㗎嘛，佢呀，見到咩垃圾都喊，攞咗好耐攞極都攞唔到，佢係咁喊，我鬼咁眼矇，畀我見到一罐菠蘿，咁我大叫小黑喺度呀，佢又驚又唔敢睇，仲喊得犀利，咁我拎個膠袋入咗嗰罐菠蘿就拖住佢上山，掘個窿，葬咗罐菠蘿。

【二人大笑】

C： 之後冇耐就一齊咗。佢好似好憎自己鍾意咗我咁，唔畀得人知。

E： 之後結婚？

C： 之後結婚。就係咁。

E： Cheers！

【停頓】

E： 我好羨慕你哋。

C： 係咩？我都好羨慕你。

E： 唔好羨慕，一鑊屎。一段破裂到不能挽回嘅婚姻，留低嘅一鑊屎；你知唔知佢哋離婚嗰陣我冇咗啲咩嘢呀？

C：　你爸爸？

E：　係我成個世界，突然間，成個世界「噗」一聲，熄晒燈。親手搣掣嘅係我爸爸媽媽。

C：　你有今日咁嘅成績，你 Daddy 媽咪知道一定好為你自豪。

【Emily 好像被擊中，先是一笑，然後搖頭，突發地，破碎地哭泣起來】

E：　Sorry，我……

C：　……Sorry……

E：　唔係……唔係……我……Sorry……

C：　……Sorry……

E：　唔係……Sorry 我……

C：　Sorry……

【他深深地擁抱她，她在他懷中哭了起來】

C：　Sorry……多謝你陪我。

E：　多謝你陪返我。

【他吻了她的頭髮，良久，她望著他，他也望著她】

【第十場 b 完】

第十一場

You Will See No Tears

● 時間：當晚深夜 ● 地點：CK、Laura 的家

【CK 回家，廳中空無一人，他走到 Laura 的睡房，知道她已睡了。

良久，他拿出 Emily 那 CD 機，

他慢慢聽著，嘗試捕捉 Emily 提及的呼吸聲。

另一個燈區亮起，Laura 坐在家中的餐桌旁，嚐著紅酒。

另一燈區亮起，Emily 在樓梯中獨自抽煙。

另一燈區亮起，明浩在墳場中徘徊著，細看每個墓碑】

【第十一場完】

●第十二場

The Tango

● 時間：3 月中 ● 地點：Laura 的夢境 ● 人物：明浩、Laura

明：　Laura。

L：　唔？

明：　你又飲醉咗喇。

L：　喺邊度？

明：　喺個爛鬼 Cocktail 度囉。

L：　唉⋯⋯我有冇嘔？

明：　冇冇冇，放心，Keep 到儀態。佢哋送咗你返屋企，佢哋走晒，你追酒飲再補多兩飛，跟住攬住個廁所「劏」，而家攤咗喺廁所地下。

L：　咁好易攞親㗎喎。

明：　放心放心，你搵咗條毛巾抹抹下斷片，有嘢摟住有嘢摟住。

L：　好在。

明：　仲要唔要啲？【他拿出一個水晶紅酒瓶】

L：　好呀。

【他倒了酒給 Laura】

明：　Cheers。

L：　Cheers。

【她用酒杯喝，明浩索性拿著酒瓶喝】

L：　咁甜嘅？咩嚟㗎？

明：　利賓納。

L：　我以為係紅酒。

明：　佢哋都係用葡萄整嘅。

L：　利賓納係用黑加倫子整㗎。

明：　一個發咗酵一個冇發酵啫。

L：　我真係好佩服第一個咬落粒發霉提子度嘅人。佢點知道咁可以變成酒呢？

明：　係羊，唔係人。第一隻咬落粒發霉提子度飲大咗嘅，係羊。

L：　係咩？

明：　個牧羊人見到啲羊咬完啲提子之後企唔穩，兩頭擰，先至去試下咬，咁先發現咗紅酒。

L：　哈哈……為啲羊飲杯。

明：　羊太，悶悶地，跳 Part 舞先啦。

L：　好喇好喇。

【二人起舞】

明：　Follow follow！跳 Tango 女仔 Follow 得㗎喇，你識唔識㗎？

L：　梗係識啦，我哋嗰時大學要學社交舞。

明：　性交之前嘅社交。

L：　唏……唔得咁俗。

【停頓】

L：　　拎正牌去繞下男仔大髀咁啫。

明：　　你又飲醉咗喇。

L：　　我知。

明：　　做乜成日飲咁多？

L：　　飲咗酒啲時間易過啲。

【停頓】

L：　　我老公喺唔喺屋企呀？

明：　　佢頭先喺 Office 唔見咗你，不過佢都慣。

L：　　佢呢排有啲古怪。

明：　　少少啦。

L：　　你都覺？

明：　　Follow！

L：　　你 Follow 我！

明：　　你個 Lesbian！

【停頓】

L：　　我老公有冇人陪佢傾偈呢？

明：　　佢有人陪。

L：　　佢有外遇？冇可能，佢連手提電話都冇。除非……No。

明： 人少少，呢度講呢度散啦。

L： 點呢？

明： 你老公勁唔勁？

L： 唔勁，太 Conscious，佢跳舞成碌竹咁，硬掘掘。

明： 跳舞硬唔緊要，咁搞嘢硬唔硬先？

L： 唏⋯⋯關你鬼事。

【停頓】

L： 麻麻地啦。

明： 有冇口交㗎？

L： 唏⋯⋯

【停頓】

L： 佢唔鍾意。

明： 點會唔鍾意？冇可能。

L： 真㗎，真係唔鍾意。

明： 你一定用錯方法，嚟！做次畀叔叔睇下。

L： 唏⋯⋯

【停頓】

明： 係咪男上女下好傳統㗎？

L：　唏⋯⋯

【停頓】

L：　我試過話想反佢落嚟砸住佢，但係佢 Get 唔到。

明：　唏你早講吖，等我過兩招畀你。

L：　你點同呢，你係男仔，梗係夠力啦，我老公重我好多。

明：　呢個世界有四個字係好奧妙：槓桿原理。

L：　哈哈⋯⋯

【停頓】

L：　而家太遲喇。

明：　搞嘢永遠有心唔怕遲。槓桿原理真係 Work 㗎。

L：　哈哈⋯⋯我驚會啪斷佢條 Pan 骨。

明：　唏唔關 Pan 骨事，其實呢⋯⋯

【明浩與 Laura 耳語】

L：　嘩，都唔知係咪。

明：　風水佬呃你十年八年。

L：　我哋分房瞓咗好耐喇。

【停頓】

明：　老實講呀，對對方嘅身體冇晒興趣，仲要一齊生活，我想像唔到會係點。

L：　唔做嗰樣嘢啫，都好多嘢要做㗎。

明：　例如呢？

L：　大把嘢要做呀，列晒出嚟厚過字典。

明：　不過嗰啲嘢都有個共通點。同愛情無關。

L：　Follow！

【停頓】

L：　嗰啲嘢係 Family obligation。你哋啲基佬都唔知乜嘢係家庭，尤其係香港嘅基佬。

明：　Oh，It hurts！

L：　唔通你帶個男朋友同阿嫲拜年喇喎？

明：　Follow！

【停頓】

L：　哎吔，Sorry 呀！

明：　死未你個八婆！【唔同你玩呀八婆】

L：　唔好介意，好傾啲靚仔啲細心啲事業有成專業人士，以前就驚佢有老婆仔女，而家就驚佢係基。你唔怪得我哋啲女人恨你哋。啱料呀！

明：　好喇咁我原諒你啦。

L：　你真係好人士。

明：　你有子宮我冇，我好同情你。

【停頓】

L：　有子宮都冇用，停經喇，廢武功喇。

明：　嗱你都冇諗住生。

L：　咩冇呀，佢唔得之嘛。

明：　你老公唔係唔得，係對你唔得。

L：　邊個話㗎？

明：　我個 Friend 話嘅。

L：　邊個 Friend 呀？

明：　Follow！

【停頓】

L：　邊個 Friend 呀？

明：　Mariah Carey。

【停頓】

明：　咪咁執著啦。你老公生日你就喺度同我跳舞，佢同邊個瞓你都冇子彈打佢啦八婆。

L：　佢而家同人瞓緊呀？

明： 你唔同人瞓又唔畀人同人瞓，你的名字是老婆。

L： 佢同邊個瞓緊呀？

明： 同自己瞓緊呀，喺隔籬房呀。諗緊個老婆做乜唔同佢過生日呀。

L： 佢會鬼諗呀。

明： 呢條裂痕我勸你修補下。我專誠嚟勸你。

L： 你跳得幾好。

明： OK 㗎。

L： 喺邊度學㗎？

明： YouTube。

【停頓】

明： 走喇，Laura。好高興可以同你跳隻舞。

L： 我會唔會再見到你㗎？

明： 唔知呢。

L： Who are you？

明： Your partner。

【第十二場完】

第十三場

The Divorce

● 時間：3 月下旬 ● 地點：法庭（會議室）● 人物：Emily、Maria

【Maria 在會議室內等待著，Emily 入】

E：　早晨。

M：　早晨。食咗早餐未呀？

E：　食咗喇，你呢？精神點呀？

M：　幾好呀。

【停頓】

M：　係喇，終於要完喇。吁……

【停頓】

M：　Emily，你可唔可以同我講多次陣間會發生啲咩嘢事？程序呀嗰啲……

E：　當然可以。

M：　我知你哋已經講過喇，但係……

E：　可以㗎 Maria。

M：　唔該。

E：　陣間九點半，書記會叫呈請人同答辯人嘅名，即係你同你丈夫個名。你哋就可以入去。

M：　我會見到佢。

E：　係，你會見到佢。

M：　我成年冇見過佢喇。

E： 我哋會陪你入去，你咩嘢都唔使講住，法官會問你申請啲咩嘢、原因係咩嘢、爭取緊啲咩嘢……

M： 係。

E： 書記會叫呈請人個名，你就可以坐喺證人台，我哋會開始引導你答問題，會問你結婚前嘅工作狀況，結婚後你就全力支持你丈夫，你淨係答我哋問嘅問題得㗎喇。

M： 係……

E： 跟住就到答辯人律師盤問。留意佢會問啲有敵意嘅問題，會質疑你每個月嘅洗費、生活嘅模式，但基本上你唔使擔心，你申請嘅贍養費答辯人都接納咗，佢哋主要想攻擊嘅，係你要分答辯人公司嘅股份。

M： 係……

E： 因為答辯人要出讓股份，要經董事局同股東批准，件事比較複雜，答辯人建議你接納佢嘅另一筆費用，而唔好分佢嘅股份；而你係唔接納。

M： 冇錯，間公司開始嗰陣我係有份。我有權分。

E： 今日對方嘅主要目的，係要個官相信你冇權分答辯人公司嘅成果。

【停頓】

E： 你放心，就算答辯人律師問到你唔識答，跟住都係輪到我哋反盤問，我哋會引導你釐清返頭先答得唔好嘅部份。

M： OK。

E： 跟住就會輪到答辯人答辯，佢嘅律師會先發問，然後到我哋。我哋會盡量令個官相信你係有權分答辯人嘅公司……

M： 你會點令佢相信？咩嘢理由？

E： 咩嘢理由？

M： 你代表我，我想知你會點講。

E： 呢間公司開始嘅時候你有份，公司有事嗰陣你有出過力為公司借錢周轉，嗰時因為係夫妻關係你冇計人工，而家分開，只係想分返應得嘅。

M： 你同唔同意？

E： 下？

M： 你代表我我想知你同唔同意？

E： 最緊要個官同意。你只要冷靜咁講個真相出嚟就得。

【停頓】

M： 真相係我想佢死。

E： 提你千祈唔好畀人覺得你係懲罰緊佢。

M： 你都覺得係啦係嘛？

E： 唔係……Maria，你申請嘅每個月嘅贍養費，係一個好高嘅額，佢都應承咗，你要分埋佢公司，個理由要相當充份。總之一定唔可以答你想佢死。

M： 你覺得會輸，你對眼話咗畀我知。CK 喺邊，點解派你嚟搞禍我？

E： Maria，我係讀訴訟㗎，以前間 Firm 謀殺案都跟過，我有足夠嘅能力去應付陣間嘅聆訊。

M： 即係我呢單係碎料？CK 喺邊？

E： 我唔知。

M： 你唔知？你清楚過佢老婆啦吓嘛？

E： 我唔明你講乜。

M： 你同 CK 有路。

【停頓】

M： 你估 Laura 知唔知？我話你知，就算佢知都唔會講，呢個係一個老婆嘅智慧。要分得出個老公幾時講大話，再揀適合嘅時候拆穿佢。不過你或者冇機會學。

E： 我冇諗過要學。

M： 你屋企單親嘅？一睇就知，嗰種女仔好似全世界都欠咗佢咁，佢做乜都唔覺得自己錯。一睇就知。啲男人真係慘。

E： 陣間嘅聆訊你仲有冇問題……

M： 唔使驚，我唔會同 Laura 講，唔關我事。今日之後我都唔想再見到你哋。

【停頓】

E： 大家咁話。

【停頓】

M： 我根本冇機會拎到佢啲股份係咪呀？你哋都係循例 Proceed 下。

E： 我真係唔明你一個月點洗咁多贍養費。

M： 係有啲難度 But I can manage。

E： 咁樣真係開心㗎咩？

M： 咁你咁樣開唔開心呀？每個月忙住做嘢得閒偷下人老公咁。我諗 CK 都唔係第一個㗎啦？你點做得出㗎呢？你自己都係單親，你點忍心再整多個破碎家庭㗎呢？

E： 而家破碎咗嗰個係你嘅家庭。

M： 你果然係讀訴訟㗎喎，我突然間又放心晒喇。

E： 我冇諗過破壞人家庭。

M： 咁你有冇諗過結婚？

E： 遇到啱嘅人當然會。

M： 咩嘢為之啱嘅人？

E： 我……愛嘅人。

M： 【失控喪笑】哈哈哈哈哈哈……我……愛嘅人……我愛嘅人……救命呀……

E： 我唔明有咩咁好笑，好基本啫。

M： I am sorry I am sorry 我忍唔住呀！你愛嘅人，我話畀你知你愛嘅人係點，首先佢唔可以窮，一個連自己都發展唔到嘅人，你唔係覺得佢靠得住下話？但係第二佢唔可以係屋企有錢，二世祖都係另類自己發展唔到自己嘅人嚟㗎喎！第三佢唔可以係個賊，因為啲錢唔係佢㗎……

E： 我唔覺得愛係錢。

M： 咁係咩？

E： 「付出」、「珍惜」……

M： No，baby，nonono。愛就是錢。嗱，愛上咗，你會想同佢一齊，拍拖要洗錢，想永遠同佢一齊，就會想結婚，結婚要洗錢，結完婚口淡淡想生個仔，生仔要錢，養仔要錢，教仔要錢，燈油火蠟要錢，老爺奶奶外父外母要錢，佢哋生要錢，死又要錢……所以一係唔好愛，一愛上，最後都係錢。

【停頓】

M： 某程度上你哋呢種女人好聰明，避開晒呢啲責任，寄生喺呢棵大樹嘅影嗰度，好似係寄生蟲咁。或者咁樣就最接近你所謂嘅「愛」。

E： 我唔相信係咁，我信家庭。

M： 你望實我對眼再講多一次。

E： 就快開始聆訊我諗我哋要準備。

M： 我好擔心你呀妹妹，你嘅情況好嚴峻。我嗰代即係你爸爸嗰代，一家人有好多兄弟姊妹，嗰啲兄弟姊妹大咗變咗叔伯兄弟又生好多兄弟姊妹出嚟，唔係因為愛，係因為嗰時佢哋冇得避孕，一搞就有一搞就有，佢哋冇得揀，而家啲人有得揀，一家人生得一粒仔女，搵工人湊，所有嘅資源都放晒畀佢，你話一個由細到大咩嘢都有，冇王管嘅細路邊會識得去珍惜去付出呢，呢個社會將會全部都係呢種細路，佢哋全部都會為愛情而結婚，要佢哋付出？佢哋根本冇呢個基因。所以⋯⋯恭喜你你有排撈。不過至於你話要搵個「愛」嘅人結婚⋯⋯

E： 咁你有咩高見呢？

M： Say goodbye to 'Family' my dear。

E： No。【她開始哭起來】

M： Yes。

E： No⋯⋯

【停頓】

M： 喺呢間房度喊嗰個應該係我。夠鐘喇。

【第十三場完】

第十四場

The Loss

● 時間：同日稍後 ● 地點：辦公室 ● 人物：CK、Laura、Emily、Maria

【CK 正在工作，Emily 入，她站了很久沒說話】

C：　咁早嘅？Maria 嗰度 OK 嗎？

E：　冇開到庭。

C：　點解呀？

E：　佢丈夫今朝撞咗車。

C：　Oh God，入咗醫院。

E：　過咗身。

C：　咁 Maria 呢？

E：　我送咗佢去醫院，但都見唔到最後一面。佢哋屋企人嚟到，我就返嚟先。

C：　唔打個電話返嚟先？

E：　Sorry 呀我唔記得咗……我仲自己食咗少少嘢先返嚟……

C：　唔緊要，你放半日假啦。你個樣好攰。

E：　執埋啲嘢先。

【她逕自回到座位】

E：　Maria？

M：　好忙？

【Maria 自己走去 Laura 的辦公室】

L：　Maria？今朝上庭點呀？

M：　我諗我離唔成婚。

L：　點解呀？

M：　佢死咗。我老公死咗。我諗我離唔成婚啦。

【停頓】

M：　佢今朝上庭之前趕去郵局寄信，畀架的士撞低咗。
我唔明點解佢唔用 Email，呢個咩嘢人，到今時今日都仲寄信？
後嚟我知喇。
醫院畀返佢嘅遺物畀我。

【Maria 拿出一堆信，亂散在桌上】

【CK 從房中出來】

M：　你哋知唔知呢啲係咩嘢嚟㗎？知唔知呢啲係咩嘢嚟㗎？
唔係你哋想搵嘅單據、證據。
係我老公助養細路寄畀佢嘅信。佢今朝就係要寄呢堆信。
佢哋全部都叫 Maria。
佢喺全世界助養所有叫 Maria 嘅細路。希望佢哋可以生活得好啲。希望可以畀到佢哋幸福有啲啱啱開始讀書，有啲已經大學畢業，有啲仲有咗自己嘅細路。全世界嘅 Maria 都愛佢，除咗佢屋企嗰個。哈哈哈哈……

我之前淨係掛住搵佢啲單。我問個私家偵探點解而家先至畀啲信我睇，佢話你從來都冇話要知。【她失控地狂笑】咁又係喎，佢又啱喎，佢交緊貨咋喎。

E： Maria……Maria……

M： Emily，I am so sorry，I am so sorry，我亂噏埋晒啲咩嘢……

Sorry 呀，我阻住你哋，你哋好忙，係咪？搏命幫人搵證據，係咪？

可以證明喋咩？真係可以證明喋咩？

【她掃跌桌上的文件】

M： 兩個人嘅默契，冇咗可以證明喋咩？

【她走到另一桌子掃跌桌上的文件】

M： 心甘命抵嘅付出，可以證明喋咩？

【再掃跌另一張桌子的文件】

M： 過咗嘅歲月，可以證明喋咩？

M： Laura，你上次咪話天收佢嘅？真係畀個天收咗呀。

【她搶了 Laura 手上的筆，指著 Laura 的頸項】

M： 呢啲係你哋嘅 Job 係咪？我哋有幾可能喺返埋一齊，我哋之間嘅感情。呢啲唔係你哋嘅 Job 係咪？呢啲唔係你哋嘅 Job 係咪？You did a very good job。

【Maria 拿著筆在 Laura 面前比劃著，CK 捉住她的手】

M： 係我嘅問題！完全係我嘅問題！

C： Maria！

【她掙扎想傷害自己，CK 捉住她的手，混亂中，CK 被刺傷了手，Maria 驚慌地拋下了 Laura 的筆】

M： Sorry，I am so sorry。【她崩潰】CK，I am so sorry！你哋報警拉我啦。你哋報警啦！我想坐監我想坐監呀！

C： Maria，I am fine。Emily 倒杯水畀 Maria。

M： 睇下我搞到幾亂，你睇下我搞到幾亂……

C： It is ok，I am sorry about him。

【Emily 倒了杯水給 Maria】

M：　搞亂咗你哋呢個地方唔好意思，
我可以洗啲錢搵人幫你哋執返靚呢度。
裝修埋都得。
我可以賠畀你哋。
我乜都有。
我……
而家只係想喺呢度食一支煙。
有冇煙呀？

【Emily 將明浩最後一支煙遞給梁太太，為她點煙。Maria 徐徐地吸煙】

M：　估唔到下次可以再抱佢嗰陣，就係抱住佢嘅骨灰，都好，無咁重。Hello，肺癌；【她又再呼出煙】Hello，冠心病；Hello，死亡……Hello……

【第十四場完】

第十五場

The Dream

● 時間：3 月下旬 ● 地點：九龍城某唐樓天台 ● 人物：Emily、明浩明：　Emily。

E：　明浩！

【她上前擁著他】

明：　嚇嚇死人咩咁大聲。

E：　呢度咪……

明：　我跳樓個天台。最衰飲大咗睇唔到下面有個簷篷，晾咗一晾，一了百了咪算囉，而家死又死唔晒，搞到大家咁忐忑，真係唔好意思。食唔食粥呀？

【停頓】

明：　套衫幾靚喎。

E：　日日都著黑色成個寡婦咁。

明：　守我生寡？

E：　守你個頭。

明：　Sorry 呀食咗你隻豬。

E：　客咩氣，全靠你咋，唔係 Keep 到而家發晒霉。

明：　唔好扮嘢喎，你同嗰個 George 有過一手㗎喎。

E：　起碼人哋係直。

明：　嗰時我唔知嘛，Friend 到咁上下，好似唔拍拖唔知做乜好，矇查查食咗你隻豬。

E：　你矇查查得過我？搞到我無啦啦拗彎咗條仔。你呀，同啲仔影相嗰陣，真係唔應該叫我幫你揸機㗎。

明： Sorry 呀。

【停頓】

明： 唔好益個阿叔喎，唔係我晚晚去砸佢㗎。

E： 痴線。

明： 阿叔唔好「砌」㗎喎，過來人唔好話我唔 Warn 你。

E： 知啦知啦知你身經百戰。

明： 仲有佢老婆。算啦……

E： 佢試下上門講數！

明： 你唔好衰好勝呀。佢哋肯簽張長約，簽到而家。唔容易。

E： 唔。

【停頓】

明： 你憎我啦，會好過啲。

E： 憎到你入心入肺呀你個仆街。唔見咗你送畀我隻耳環喇。

明： 咁咪好囉，咁咪甩難囉。

E： 人哋今日袋咗中學中文學會嗰張相嚟諗住探你時畀你睇。你睇下，你猜輸咗要扮林黛玉，你拎住把掃把去操場嗰度扮葬花。

明：　你喺側邊幫手拋廁紙碎咋！

E：　你睇你幾投入，個樣好核突。

明：　不知幾上鏡。你喺拋廁紙碎嗰方面都相當有潛質，拋到拗晒腰。我唔明一個女仔點可以拋到成個操場不停有碎紙喺度飛。

E：　哈哈⋯⋯我想猜輸㗎，我想係林黛玉㗎。

明：　你唔係呢個故仔㗎。

E：　咁我係邊個故仔？

明：　三國演義。

E：　咁我做邊個角色呀？

明：　妲己。

E：　三國演義邊有妲己呀？

【停頓】

明：　多謝你陪我。

E：　大家咁話。

明：　好叻女呀，我呢世都唔會返一份要打呔嘅工。

E：　你轉軚啫，你以前話做律師㗎，你跣我。

明：　你應該諗，好在我唔係話想做馬伕。

E：　呀！文烈叫我話畀你知，佢又嫁喇。

明：　呵，又嫁？嗨嗨⋯⋯都好，唔好自己一個人。幫我恭喜佢啦。

【停頓】

明： Emily，唔好任性喇。我走喇。

E： 唔好離開我。

明： 你唔需要我㗎喇，我離開咗你好耐㗎喇。

E： 不如落返去，我同你去九龍城食啲嘢啦。

明： 應承我，唔好變咗做佢哋。

E： 我唔會。

明： 唔好買樓。

E： 黐線㗎買咩嘢樓啫無端端！

明： 你靜靜走去睇你估我唔知。

E： 諗下啫，幻想下有個屬於自己嘅家。

明： 你應該搵返個人，唔應該搵層樓。你已經係律師，再買埋樓真係嫁唔出㗎喇。

E： 點解你唔叫我嚟呀？我知，因為如果我嚟咗，你實跳唔到。

明： 嗰個咪碧咸？

【Emily 望那邊】

明： 噚咁我咪跳咗落去囉。

E： 咦……

【停頓】

E：　點解你要跳樓呀？

【停頓】

明：　整番飛先，有冇煙？

E：　冇晒喇，最後嗰支請咗個 Client 食。

【明浩從 Emily 身上拿出煙】

明：　Nice，I feel good。

【二人抽煙】

明：　你仲記唔記得有年我哋去咗睇套電影《她比煙花寂寞》？

E：　記得，我哋以為係改編亦舒嗰本小說。點知原來係講個女仔拉大提琴。

明：　'Hilary and Jacky' 佢拉到郁身郁勢，初頭畀人鬧。之後佢成咗名，周圍帶住個大提琴 Tour，去到西班牙因為言語不通冇人幫佢洗衫，佢成袋衫寄返屋企畀媽咪幫佢洗，佢阿媽同家姐激到呢⋯⋯跟住佢喺西班牙收到屋企寄嚟嗰袋乾淨嘅衫，佢將啲衫亂咁擗上床，攬住堆衫瞓， 因為⋯⋯
佢好掛住

屋企嘅

味道。

明： 嗰個咪碧咸？

【Emily 望向那邊，明浩擔著捲煙轉身墮下，剩下 Emily 在默默抽煙】

【第十五場完】

第十六場

The Last Day

● 時間：4月1日 ● 地點：辦公室 ● 人物：Emily、CK

【Office 因梁太太搗亂而爆亂，CK 在執拾】

E： 有冇時間呀？

C： 有。

【停頓】

E： 我走喇。

【停頓】

C： 唔。

【停頓】

E： 今日 Last day。

C： OK。

【停頓】

C： 有咩打算？

E： 我打算去做企業嘅法律顧問（In house）。

C： 我幫你寫 Reference letter。

E： 多謝。呢度唔啱我。

C： I see。係要慢慢搵適合自己嘅。唔好再做謀殺同離婚。

E： 嚟到呢度個個都係輸。

C： 嗰個悲劇係佢哋，唔係你嘅。我哋係幫緊佢哋。

E： 白紙黑字，寫低佢哋嘅資產，寫唔低佢哋破碎咗嘅感情同埋希望。

C： 我哋唔係做呢啲，嗰啲係小說家做。

E： 係，係嘅。

【停頓】

E： 好開心可以同你做嘢。

【她伸出手跟他握手，他也伸出手握著她的手】

【良久】

【Emily 拿出一支酒】

E： 送畀你。40 年。

C： 開咗嘅？

E： 太貴喇，我留起咗啲，但係第一啖一定等埋你一齊飲。

【Emily 關上門，CK 取出兩隻杯子，倒了兩杯，遞了一杯給 Emily】

C： Cheers。

【他們喝了一口】

C：　唔……

E：　好辣。

C：　唔係呀，幾醇。

E：　你鍾意呀？畀埋你啦。【她將杯內的酒倒到他的杯】買咗嗰隻 Tango CD 畀你，見你鍾意。

C：　多謝。返去試下屋企部機 Read 唔 Read 到。

E：　整返屋企部 CD 機啦。

C：　好呀。

【停頓】

C：　陣間去醫院探你朋友？

E：　呵……佢過咗身喇。

C：　噢，I am sorry，幾時嘅事？

E：　上個禮拜。之前嗰晚發夢見到佢，見完就死咗嚕。

C：　Don't be silly。你 OK 嗎？

E：　OK。佢都捱咗好耐，我都捱咗好耐。新開始。

【停頓】

E：　唔好再做殮房喇。

C：　咩殮房？

E：　你唔記得嗱？

C：　……

E：　唔緊要。唔重要。

【停頓】

E：　呢度亂晒坑，你有排執喎。

C：　時間問題啫。

E：　使唔使我幫手？

C：　我 OK 喇。

E：　隻手點呀？

C：　OK。

E：　睇下？

【停頓】

E：　多謝你。

C：　我都冇做到咩嘢。

E：　好似經歷咗好多嘢咁，又好似乜嘢都冇發生到。

C：　係咁㗎喇。

【停頓】

E：　我走喇。

C：　再見。

E：　【正要離去】呀！【從袋中拿出一支細酒瓶】太辣喇，畀你隨身攜帶。

C：　哈哈哈哈……多謝。

【他們嫻熟地接吻，Emily 離去。剩下 CK 一人在房中】

【第十六場完】

● 第十七場

The Anniversary

● 時間：4月1日 ● 地點：數碼港 ● 人物：Laura、CK

【Laura 在街等著，CK 慢慢走近】

C：　Sorry 遲咗。

L：　唔緊要，我啱啱到，我都係第一次嚟。原來都幾遠。

C：　唔緊要啦。好食咪得囉。

L：　好唔好食我唔知，我問 Peter 邊度有餐廳靜靜地又唔使訂位，佢話呢度二樓有間法國餐廳人影都冇隻一定唔使訂位，佢冇話好唔好食。

C：　睇下喇。

【二人默默地走了一會】

L：　嘩，好恐怖。

C：　咩嘢？

L：　個兒童樂園冇兒童㗎。

【停頓】

L：　CK，我想同你傾下，我哋段關係。

C：　係咪呢間。

【停頓】

C：　真係人影都冇隻。

L：　連 Waiter 都冇。

【停頓】

C：　我建議唔好喺度食。

L：　咁去邊？

C：　行下先。

【停頓】

C：　你想由邊度開始傾。

L：　由佢開始。【Laura 拿出一隻珍珠耳環】我喺張床度發現咗呢隻耳環。

係 Emily 㗎啦係嘛？

點解你要畀個機會佢咁樣對我？

【停頓】

L：　我哋離婚。

橫掂都分房瞓咗咁多年，你冇履行丈夫嘅義務又好，我冇履行妻子嘅責任又好，Whatever⋯⋯公司呀，資產嘅分配，我哋都知可以有幾煩，不過唔緊要，我已經填好晒啲 Form，幫你填埋。我已經準備好。

你覺得點？

【停頓】

L： 你有冇問題？

【停頓】

C： 你問漏咗樣嘢。

L： 咩話？

C： 我話你問漏咗樣嘢。

L： 係咩呀？

C： 你唔記得咗問，我，究竟有冇同 Emily 瞓過。

L： 仲要問？

C： 要。你想要用 Adultery（通姦）同我離婚，首先你要證明，我同第三者有性關係，仲要 Serve 個 Petition 畀 Emily，同埋會畀全行都知你畀一個叫 Emily 嘅人搶老公。

L： 你關心我面子？你擔心佢咋係嘛？

C： 你只係發現一樣唔屬於你嘅嘢喺張床度。呢個證據唔夠力入 File。就算畀你入到 File 呈請，如果丈夫，即係我，唔承認通姦嘅，你將會有排搞。唯一可以入到 File 嘅係，我哋超過一年一齊住但冇一齊生活。

L： 咁唔使傾喇，我哋由 Petition 開始打，由頭打到尾啦！

C： 我諗返起對上一次我哋工作以外嘅對話係點樣？內容唔一樣但感覺係差唔多。估唔到我哋咁耐冇講嘢，一講就係講呢啲。OK。

【他們經過麵包店，CK 一邊買包一邊與 Laura 傾談】

C：　餓唔餓呀，我想買個包。

L：　上次係因為我阿媽生日你成晚黑面。

C：　於是你就喺我生日嗰晚失蹤。

L：　就係嗰晚，你哋嗰晚開始？

C：　我同 Emily 冇嘢。

L：　冇嘢？咁請問隻耳環點解釋呀？

C：　我唔知。

L：　耳環！解釋！

【店員拿出一袋麵包，CK 付款接過】

C：　我唔知。

L：　解釋。

【停頓】

L：　你唔出聲。

【停頓】

L：　你最叻唔出聲。

【他們經過一間水晶店】

L： 我要買隻水晶杯！Iris Lo 聽日結婚！【跟店員講】要飾櫃銀托嗰兩隻，搣價錢牌唔好搣嘜頭，袋住得喇我自己包。

【跟 CK 講】喺床上面發現第二個女人嘅物件，呢啲嘢，我喺 File 入面睇得多，但係真正發生嘅時候原來個感覺係咁嘅。我都冇穿耳窿，你又同我分房瞓咗咁耐，真係帶返屋企，係瞓，都瞓你張床啫；度門冇人撬過，即係有人開門畀佢入嚟啦，有人話畀佢知呢間房係我㗎啦，所以佢先至漏低隻耳環喺我張床度……咁佢喺我張床度究竟做過啲咩嘢呢？

【店員拿出一購物袋，內有兩隻水晶餐酒杯，Laura 付款，邊接過邊講】

L： 呀，原來個感覺係咁㗎，個世界好似裂開咗咁，公司入面一個個 File，裝住嘅原來就係呢個感覺。

我今日搵佢，佢首先暗示同你瞓過，之後又話同你冇嘢，佢想玩我，點解我畀咗個機會佢「玩」我呢？但係我最接受唔到，係佢宣佈同你冇嘢嗰個樣，嗰種光芒，咩嘢意思？我話你知係咩意思，佢想話畀我知，我係幾咁愚蠢。

C： 即係你假設，我係專登帶 Emily 返屋企，去你床度，造愛……

L：　你唔好咁同我講嘢，我唔係你啲 Client。

C：　你點同我啲 Client 呢，你都冇喊。
咁你覺得係個女仔留低隻耳環吖，定係我叫佢咁做呢？

L：　點解你要容許呢件事發生喺我身上？

C：　你講邊件事？留低隻耳環？定係同佢上床？

L：　你做乜嘢盤問我啫？你講呢啲嚟做乜啫！

C：　我想知你見到隻耳環嘅時候有咩感覺？

L：　不如出去，我就嚟大叫喇，呢度周圍都係雲石，我唔想我大叫嗰陣有回音。

【他們離開商場，走到海旁】

【停頓】

L：　嗰日，Maria 上嚟搗亂，Emily 請佢食咗支煙，佢啲煙噴出嚟，好熟，係你以前食嗰隻煙味，我幾乎都唔記得，你以前係食煙。
你聞到你都認得啦，係咪？點解一個食呢隻煙嘅女仔會嚟咗我間 Firm 度做嘢呢？個世界咁大，都係整定。
CK 我厭喇，我厭我自己喺婚姻入面係一隻洪水猛獸，我唔鍾意呢個角色。
我都係個普通女仔，想人愛啫。係咪？

【停頓】

L： 我已經諗好晒。

一年分居，雙方同意離婚。

我冇諗過用通姦呢個理由。我已經諗好有個律師可以幫我哋，靜靜地可以解決件事。

嗱，間屋我哋一齊買嘅，但我想住返，我過返啲錢畀你，我估你都冇乜所謂。戶口我哋一向都分開，咁冇嘢喇。

公司我建議結束咗佢，分返啲錢，然後各自開返間Firm。

股票可以賣晒佢分返錢。

西貢間屋、英國間屋、法國南部間屋，冇乜點升值，Maintenance 仲貴過間屋，都可以賣晒佢哋，我唔會再去。

仲有兩個靈位，幾好㗎，背山面海，嗰時買兩個連位都係幾萬蚊㗎咋，而家升到幾十萬，我哋結婚咁多年，咁多投資，估唔到升得最勁嘅係個靈位。離咗婚我諗我唔會想同你葬埋一齊，我建議將兩個靈位一齊賣出去，總有人係想死咗之後喺一齊，一個人，葬邊都冇所謂啦。

【停頓】

L： 本來我想話買四個，諗住預埋啲仔女，一家人一齊。但後來都係買咗兩個，我估仔女大個咗會有自己打算。但係我點都估唔到，佢哋係打算唔嚟。

【停頓】

L： I need a drink。

【CK 從公事包中取出 Emily 送的 40 年 whisky，

他拆開了餐酒杯，倒了一杯給 Laura，一杯給自己，二人默默嚐著】

【停頓】

L： 【酒精下肚，她吸了一口氣，從個肺笑了出來】哈哈哈……我哋成日勸啲 Client，同對方提出離婚嗰陣，最好喺公眾地方，費事喺屋企得兩個人嗰陣，對方會做出乜嘢激烈嘅舉動。我居然喺撻咁嘅地方解決我嘅婚姻。我都幾聽話。

【她繼續飲】

L： 你最鍾意唔出聲。

喺你嘅沉默裡面，我自編自導自演咗我嘅婚姻，好似得我一個人咁；我哋呢一段成功婚姻嘅背後係分開房瞓，同埋睇住自己變咗洪水猛獸。我記得以前嘅空氣，又凍又清，我唔知自己講乜。

【她用酒送麵包】

C：　我生日嗰晚 Emily 係同我食咗餐飯。我搵你唔到。又唔想自己一個人，於是我哋一齊去咗大牌檔食飯。

L：　你去大牌檔？

C：　你嗰晚去咗邊？

L：　下晝我去咗個 Cocktail，飲醉咗，醒咗之後已經喺屋企。你嗰朝點解唔返工？

C：　嗰朝我去咗睇醫生，我懷疑自己中風。

L：　你點解唔話我知？

C：　你唔喺公司。

L：　你可以打畀我㗎？

C：　冇人聽。

L：　點解你之後唔同我講？

C：　我唔知。

【停頓】

L：　咁你有冇同佢瞓過？

【停頓】

C：　冇。

L：　佢隻耳環喺我張床仲有咩可能性呀？不如你話畀我聽？

【停頓】

L： 我今日去咗搵佢。我哋成日都笑啲 Client 發生事嗰陣，點解唔會打自己個老公而去打個女人，但原來發生喺自己身上係真係會想搵個女人㗎。

C： 我都好 Surprised 你搵佢。

L： 點呀你擔心我打佢？我似會打人咩？

C： 你唔會打人。你有咩唔開心，會打自己。

L： 你又好似啲 Client 咁：搞到禍晒先表示自己好了解個老婆。

C： 啲 Client 仲有個特色，仲喺一齊嗰時，就淨係諗住對方嘅缺點，分開之後諗起嘅全部都係優點。

L： 所以趁我未憎你憎到透嗰陣，快啲離開你，可能都係好事。

【停頓】

L： 我今日同 Emily 講，我可以令佢唔可以喺呢行立足。

C： 你真係咁講？

L： 係。

C： 我知你絕對有能力咁做。

L： 但我講完之後心虛，因為我知無論佢去到邊度，都撈得掂。佢咁醒。我就唔得，我離開咗呢度就乜都冇。青春真係好。前面有一大條路任佢行。

【停頓】

L：　今日記唔記得係我哋結婚幾多周年？

C：　30。

L：　知唔知係咩婚？銀婚木婚嗰啲？

C：　唔知喎，係咩婚？

L：　係珍珠婚。估唔到珍珠婚嗰日，我喺張床度，發現咗一隻珍珠耳環。都係整定。

C：　我哋嘅問題唔係 Emily，Emily 只係代表咗一種 Idea。

L：　你同我繼續喺一齊都唔係因為我，而係因為婚姻呢個 Idea。真係鍾意一個人，點忍心咁對佢呢？

C：　我點對你呢？

L：　冷漠。

我用咗好多方法喺呢段婚姻裡面生存，有一段時間，我覺得你想我做你阿媽……

C：　我都覺得你想我做你老竇……

L：　我分唔到你究竟係挽救緊件事定係想再搞禍啲……

C：　唔係唔係我想講，我哋都好清楚大家嘅屋企，喺我哋成長嘅路上，畀咗幾大挑戰我哋。你繼續。

L：　我唔想做你阿媽。我拒絕做你阿媽。

C：　【想開口說些什麼但收回】你繼續。

L：　有一段時間，我要當你「唔係人」先可以同你一齊。

C：　Really？

L：　我要當你係隻貓。行到去邊都甩毛，唔開心就又屎又尿，又嘴刁，唔睬我又唔知點解。但我唔會憎隻貓，我連隻貓咁煩都可以攬住嚟錫，你係一個人，點解我唔得呢？

C： 你當我係隻貓。長毛定短毛？

L： 都當過。咁又成功捱咗幾年。

你講得啱，我哋唔係因為 Emily 而離婚，我哋離婚係因為⋯⋯我哋唔 Work。

試咗咁耐都夠，不如放過大家，搵過個 Alternative，過另一種生活。你可能同 Emily 一齊。我就⋯⋯係啦。放過大家。

C： 放過大家⋯⋯唔知第日百年歸老諗返轉頭，睇返呢一刻，我哋係放過咗大家，定錯過咗大家。

【停頓】

L： 唔會喇。我夠喇，返到屋企靜蠅蠅，好恐怖，同你講乜都冇反應好似對住個黑洞咁，撻極都撻唔著，激你都冇脾氣嘅。

C： 你想我發脾氣，我可以練下。

L： 咁又唔好，我唔想你同我一齊做唔到自己。

C： 咁我心甘命抵你又奈我唔何嘅。

L： 冇人會鍾意同地雷王西太后一齊。

C： 我最鍾意掃地雷，你唔放地雷我都唔知做咩好。

L： 呢一刻你氹得我好開心。

C： 我個 Intention 的確係咁。

L： CK⋯⋯【篤定】咁多年，我好清楚同你一齊生活嘅感覺係點。

我唔想喇。

都好吖，分開之前留個好嘅印象。好文明咁樣，因了解而分開。

【停頓】

L： 喂，聽講你當年為咗我轉系喎。

【停頓】

C： 係。

L： 點解你唔同我講？

C： 我唔想你有壓力。覺得要為咗呢樣嘢同我一齊。

L： 咁如果我唔同你一齊你點算呀？

C： 我冇諗過你會唔同我一齊。

L： 哈。咁感動嘅事，如果係我親耳聽你同我講就好喇。

C： 我都好想親耳聽你同我講，你發現隻耳環嗰陣，你嘅感覺係咩呀？

【停頓】

L： 我好 Hurt。好痛。好傷心。你滿意啦。

【停頓】但過咗喇。

L： CK，你係咪戀愛喇？

【停頓】

C： 隻耳環係 Emily 嘅，不過，係我漏咗喺你床。
每朝你都早過我出門，每朝你走咗之後，我都會，瞓下你張床。
都好多年喇。
如果好彩嘅話，你張被仲會暖暖地。我可以感受下你。
唔知幾時開始，你好似好憎我。我冇諗過結婚要畀你憎。
你似乎無法容忍你意料之外嘅事，現實同期望有分別，我以為都好正常，你嘅性格都出乎我意料啦；人哋從錯誤中學習，你就鍾意人哋從挫敗中學習，點解下下要大力呢？我一出聲，你就會推論好多好多，而嗰啲推論係不能挑戰，你會突然之間嬲得好緊要，講乜都冇用，除咗畀你冷靜下，我諗唔到其他更好嘅辦法。如果咁樣令你覺得委屈，好對唔住。
我同 Emily 冇嘢。
我執公司執咗佢隻耳環，諗住畀返佢。可能就漏咗喺你床。

【停頓】

C： 賣屋之前，我哋去探下啲屋。

L： 好多 Petition，好多 Case 要上庭。

C：　咪由佢哋等下。

【停頓】

L：　就算我同你去，最後可能都係散。

C：　去咗先。

【停頓】

C：　隻酒 40 年㗎，好唔好飲？

【Laura 嚐多一嚐，舉杯】

【第十七場完】

The Truth

● 時間：4月1日 ● 地點：咖啡店 ● 人物：Emily、Laura、文烈

【Emily 坐在咖啡店內，電話響起】

E： 喂？

文： Emily？

E： 喂！你點呀？

文： 喂！你忙唔忙呀？

E： 你唔係行禮㗎咩？

文： 未呀，其實係行緊呀，全世界望住我打畀你呀……哈哈……

E： 你快啲收線啦，傻㗎你！

文： 我阿媽都問你點解唔嚟呀……我梗冇話佢知啦，等佢心思思。

E： 我上次祝過你白頭到老你撻咗Q嘛。點敢祝第二次呀？

文： 我想你喺度呀 Emily，心虛呀，禍咗點算呀，我同佢禍咗點算呀……哈哈……

E： 梗係唔會啦，傻……收線啦，嫁啦，傻人。

文： 你同我講啲嘢啦，我覺得我會衝出去呀。

E： 咁你過嚟啦，我喺中環。

文： 我頂你！……Shit！新娘爆粗，新娘爆粗呀……

E： 傻婆，白頭到老呀，【停頓】白頭到老。

文： 喂你有冇兩分鐘呀？聽住我行禮得唔得呀？

E： 好呀。

文： 聽晒喎。

E： 得喇。

官VO： 在你們兩位結為夫婦之前，本人在職責上要向你們聲明，在本婚姻註冊處舉行的婚禮，乃是莊嚴而有約束力的婚禮，在法律上是一男一女自願終身結合，不容別人介入，因此，現在你們在本人之前當眾舉行婚禮，雖然沒有宗教儀式舉行，但你們在本人及在場眾人之前簽名為證後，便成為一對合法夫妻。
請新郎新娘宣讀結婚誓詞：

新郎：「我請在場各人見證，我　程家偉願意娶你　潘文烈為我合法妻子。」

新娘：「我請在場各人見證，我　潘文烈願意嫁你　程家偉為我合法丈夫。」

官VO： 雙方交換戒指。

【Laura 進場，她看見 Emily，走到桌子前，逕自坐下，望著 Emily。

Emily 在此時此地看見 Laura 有點意外。

她掛了線。她將手機放在桌子上】

L： 唔好意思呀，阻住你傾電話。

E： 唔緊要。講完㗎喇。

【全劇完】

書名	《香港式離婚》
作者	黃詠詩
編輯	呂嘉俊
書籍設計	李嘉敏
封面相片	Simon C.
內頁相片	Kit Chan Imagery

出版	字字研究所有限公司
網址	www.wordbywordcollective.com
電郵	wordbywordltd@gmail.com
承印	新世紀印刷實業有限公司
香港發行	一代匯集
台灣發行	紅螞蟻圖書有限公司
定價	HK$138 / NT$580
國際書號	978-988-70781-3-5
出版日期	2024 年 12 月

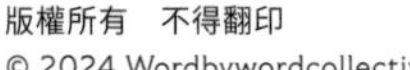

工作室贊助

ISBN 978-988-70781-3-5